DAS GEHEIMNIS DES SPIELS

Manfred Haßfeld

DAS GEHEIMNIS DES SPIELS

PSYCHGRAMM EINES MORDES

Bibliografische Information der Deutschen Nationalbibliothek:
Die Deutsche Nationalbibliothek verzeichnet diese Publikation
in der Deutschen Nationalbibliografie;
detaillierte bibliografische Daten sind im Internet
über http://dnb.dnb.de abrufbar.

© 2016 Manfred Haßfeld
Satz, Umschlaggestaltung, Herstellung und Verlag:
BoD – Books on Demand

ISBN: 978-3-7392-3232-4

INHALT

Kapitel 1 (Mai 2014) 7

Kapitel 2 (Mai 2014) 12

Kapitel 3 (März 2013) 19

Kapitel 4 (Mai 2013) 21

Kapitel 5 (Mai 2014) 24

Kapitel 6 (Mai 2013) 27

Kapitel 7 (Juni 2013) 31

Kapitel 8 (Mai 2013) 34

Kapitel 9 (Mai 2014) 38

Kapitel 10 (Juni 2013) 41

Kapitel 11 (Mai 2014) 43

Kapitel 12 (September 2013) . . . 48

Kapitel 13 (Mai 2014) 52

Kapitel 14 (Dezember 2013). . . . 60

Kapitel 15 (Dezember 2013). . . . 65

Kapitel 16 (Juni 2014) 71

Kapitel 17 (Juni 2014) 75

Kapitel 18 (März 2014) 80

Kapitel 19 (Mai 2014) 82

Kapitel 20 (Mai 2014) 84

Kapitel 21 (Mai 2014) 86

Kapitel 22 (Mai 2014) 95

Kapitel 23 (Juli 2014). 98

Kapitel 24 (August 2014) 103

Kapitel 25 (August 2014) 107

KAPITEL 1
(MAI 2014)

Schwerfällig wälzt sich Richard im Bett hin und her. Der Montagmorgen liegt schwer auf seiner Brust. Es ist wieder einmal spät geworden am Abend, dem Tatort fehlte die Spannung und in der darauffolgenden Talkshow warfen sich selbstgefällige Politiker zum wiederholten Male ihr gegenseitiges Fehlverhalten in der aktuellen Finanzkrise vor und redeten dabei wie immer an den wahren Problemen vorbei. Er hätte schon viel früher zu Bett gehen sollen. Richard dreht sich noch einmal um und versucht wieder einzuschlafen. Aber der quälende Druck auf die Blase lässt es nicht zu, obwohl er in der Nacht bereits zweimal draußen war. Es nervt, aber Dr. Engel meinte, er solle froh sein, dass er in seinem Alter noch ohne Dauerkatheter leben könne. Auch ein Trost. Richard lugt durch die halb geöffneten Augen auf den Radiowecker, die roten Zahlen zeigen 8:12, oh Gott, schon so spät. Mühsam wälzt er sich aus dem Bett. Das Aufstehen ist immer das Schlimmste für die maroden Gelenke. Er geht ins Bad, macht sich ein wenig frisch, zieht die Vorhänge auf und wirft einen Blick in den Hof. Ulrikes Auto ist schon weg, er schaut in den Himmel. Grau und schwer ziehen die letzten Regenwolken gen Osten ab, aber es regnet nicht mehr. In der Nacht hatte es geschüttet wie aus Eimern. Als er auf der Toilette war, hat er den Regen aufs Dach trommeln hören. Langsam und noch immer nicht richtig im neuen Tag angekommen, steigt er die Treppe hinab. Unten auf dem roten Flurläufer liegt ein riesiges schwarzes Fellbündel und erweckt den Eindruck, als würde es fest schlafen. Aber Richard sieht die leise zuckende Schwanzspitze, die immer schneller rotiert und dann liegt der dicke große Hundebär Bruno auf dem Rücken, strampelt mit den goldenen Pfoten und wartet darauf, dass Richard ihm den Bauch und den hellen Brustlatz krault. Das ist ihr tägliches Morgenritual, nun kann der Tag beginnen. Immer wieder wird ihm warm ums Herz, wenn er sieht, wie dieses Riesentier sich freuen kann.

Als Kind auf dem Dorf aufgewachsen, waren Hunde immer seine Begleiter. Der letzte war eine Mischung aus allem, was eine Dorfstraße so zu bieten hatte. Ein kleiner, aber lebhafter Dorfköter namens Moritz, dessen spezielle Vorliebe Autoreifen waren, insbesondere die von LKW, von denen er der Meinung war, man könne da hineinbeißen. Eines Morgens wurde Richards Mutter angerufen und zog mit einem Handwagen ins Dorf. Nach einer Weile kam sie zurück, unter einer Decke lag etwas verborgen, aber Richard sah ein Stück des schwarzen Schwanzes hervorlugen. Unter Tränen wurde Moritz im Garten begraben. Damit war das Thema Hund erst einmal beendet. Aber sein Leben lang blieb der Wunsch nach einem neuen Begleiter. Als abzusehen war, dass sich sein Berufsleben dem Ende nähert, nahm dieser Wunsch wieder Gestalt an. Durch Zufall las er in der Zeitung von einer Leistungsschau für Hovawarte in der Nachbarstadt. Bis dahin wusste er gar nicht, was Hovawarte sind, aber es war das Foto eines Hundes abgebildet, das ihn sofort begeisterte. Ulrike, seine Frau, war zunächst skeptisch, als sie die Größe des Hundes sah, dann aber war sie doch bereit, am Sonntag mit ihm die Veranstaltung zu besuchen. Es waren schöne, große und stolze Hunde, die sie dort zu sehen bekamen, und seine Frau hatte noch immer Bedenken ob der Größe. Letztlich aber stimmte sie zu, denn sie ahnte, was passieren würde, wenn Richard nach vielen Jahren beruflicher Selbstständigkeit allein zu Hause sitzen würde, während sie, die fast zwanzig Jahre jüngere, noch lange arbeiten müsste. So verabredeten sie sich mit einem Züchter und ließen sich für einen Welpen vormerken, aber es sollte unbedingt ein Rüde sein. Nun lag dieser Hovi Bruno schon seit dreieinhalb Jahren jeden Morgen vor der Treppe und bestimmte Richards Tagesablauf. Wie an jedem Werktag hatte Ulrike ihn schon gefüttert und so kann Richard erst einmal in Ruhe den Kaffee aufbrühen, sich sein Schälchen mit Müsli und Joghurt füllen, nicht ohne dass Bruno selbstverständlich den Löffel ablecken darf. Dann gehen beide über den Hof zum Briefkasten, um die Zeitung zu holen. Bruno verkriecht sich unter den Tisch und Richard weiß, dass er jetzt Zeit hat für sein Frühstück, das ihm heilig ist. In aller Ruhe ein Käffchen trinken, leise

Musik aus dem Radio und die Tageszeitung lesen. Natürlich zunächst den Lokalteil, dann den Rest, wobei er sich jeden Morgen darüber ärgert, wie viel Papier verschwendet wird, um all den Unsinn, den er doch schon im Fernsehen und im Radio gehört hat, zu drucken. Also beschränkt er sich meist auf die Überschriften. Lediglich die Rätselseite hebt er auf, denn das ist Ulrikes Entspannung, wenn sie abends müde nach Hause kommt. Den umfangreichen Sportteil am Montag legt er gleich zum Altpapier, denn Fußball ist nun wirklich das Thema, das ihn am wenigsten interessiert. Nach einer halben Stunde wird es lebendig unter dem Tisch, Bruno räkelt sich und verschiebt ihn dabei gleich einmal um einige Zentimeter. Nun ist es mit der Ruhe vorbei, jetzt ist seine Zeit. Richard räumt den Tisch ab, nimmt die Hundejacke vom Haken und sucht sich feste Schuhe, nach dem Regen in der Nacht wird es feucht sein draußen. Er holt die Leine aus der Kammer, während Bruno schon erwartungsvoll vor der Tür sitzt. Wie jeden Morgen muss erst wieder einmal geklärt werden, wer zuerst aus der Tür geht. Sehr unwillig lässt Bruno seinem Herrchen den Vortritt. Auf dem Hof betrachtet Richard unwillig die breiten Spuren, die das von den höher gelegenen Grundstücken herabrauschende Regenwasser hinterlassen hat. Er nimmt Bruno an die Leine und registriert, dass er den sonst üblichen Weg zu den Spreewiesen heute wohl nicht wird nehmen können, denn da ist sicher alles überschwemmt. Schade, denn das ist der einzige Ort, an dem er Bruno frei laufen lassen kann, ansonsten muss er ihn an die Schleppleine nehmen. Trotz der von Anfang an besuchten Hundeschule klappt das Abrufen noch immer nicht. Besonders bei Radfahrern und Joggern. Im letzten Herbst hatte Richard großen Ärger mit Radfahrern, die ihn verklagen wollten, und er musste tief ins Portemonnaie fassen, um eine Anzeige zu verhindern. Also bleibt nur die Schleppleine, an die sich Bruno jetzt aber ganz gut gewöhnt hat. So nehmen sie denn heute den Weg über die Fernstraße in den Schlosspark. Vorbei an dem in der Region bekannten und beliebten Fischrestaurant laufen sie Richtung Schloss. Trotz der Regenmengen sind die im vergangenen Herbst neu gekiesten Wege relativ trocken. Nur hin und wieder spiegeln sich die ersten durch die Wolkenlücken schießenden Sonnenstrahlen in kleineren Pfützen. Richard kann Bruno an der langen Leine laufen lassen, denn noch sind kaum Menschen im Park zu sehen und solange es normale Spaziergänger sind, hat Bruno kein Interesse an ihnen. Langsam schlendern die beiden in südliche Richtung, vorbei an dem erst kürzlich angelegten Heckenlabyrinth bis zum Ende des Parks, wo der Weg in einem großen Bogen wieder zurück zum Schloss führt. Bruno schnüffelt hin und wieder an den Grasbüscheln und hebt das Bein, ansonsten trottet er ruhig vor sich hin. Am Ende des Weges trennt ein breiter Streifen wildwachsender Sträucher den Park vom Spreebogen. Nur ein kaum wahrnehmbarer Trampelpfad führt in das Gebüsch hinein. Angler nutzen ihn manchmal, um ans Ufer zu gelangen. Plötzlich hebt Bruno die Nase, stellt die Ohren hoch und stürmt wie ein Wilder ins Gebüsch. Richard hat Mühe, die lange Leine einzuholen und festzuhalten. Bruno sitzt inzwischen zirka zehn Meter in den Sträuchern und bellt wie verrückt. Mühsam quetscht sich Richard auf dem schlammigen Pfad bis zu ihm hin und erschrickt heftigst. Vor ihm liegt in verrenkter Haltung eine Frau. Die Beine in blauen Jeans verdreht, die Arme hilflos zur Seite gestreckt, schaut sie ihn mit starren, leeren blauen Augen an. Die Bluse ist aufgerissen und eine lange nasse Haarsträhne liegt auf dem blassen, bläulich schimmernden Gesicht. Schnell ist ihm klar, dass diese Frau nicht mehr lebt. Er packt den Hund am Geschirr und zerrt ihn mehrfach im Schlamm ausrutschend zurück auf den Weg. Er sieht die noch nasse Parkbank, bindet Bruno, der noch immer wild an der Leine zerrt und zurück ins Gebüsch will, an und fingert mit zitternden Händen das Handy aus der Hundejacke. Es fällt ihm erst einmal aus der Hand, dann endlich kann er die 112 wählen. Eine männliche Stimme meldet sich: „Rettungsleitstelle, was kann ich für Sie tun?" „Ja, Sie müssen kommen, hier liegt eine Leiche im Gebüsch, kommen Sie schnell!" Der Mann am anderen Ende versucht ihn zu beruhigen. „Können Sie mir bitte erst einmal Ihren Namen nennen?" „Ja, mein Name ist Richard Perschke." „Und wo genau befinden Sie sich jetzt?", kommt die Frage zurück. „Wir sind …, das heißt mein Hund und ich, wir sind hier im Schlosspark am südlichen Ende, da wo die Spree einen Bogen macht." „Ist in Ordnung, Herr Perschke, das habe ich verstanden, ich schicke Ihnen gleich eine Streife vorbei. Bleiben Sie bitte dort, wo Sie sind, und verändern Sie nichts, die Kollegen sind gleich bei Ihnen", kommt als Anweisung zurück. Richard setzt sich, noch immer kreidebleich, auf die Bank. Er spürt, wie das Regenwasser durch seine Hose dringt, und versucht, den noch immer an der Leine zerrenden Bruno mit ein paar Leckerlis zu beruhigen. Die Sonne hat inzwischen den Rest der Wolken vertrieben und von ferne hört er das Martinshorn des Streifenwagens.

KAPITEL 2
(MAI 2014)

Entspannt lässt Kurt Gaebler das heiße Wasser über seinen Körper rinnen. Er hat erstaunlich gut geschlafen in dieser Nacht, so dass er das Aufstehen seiner Frau nicht bemerkt hat. Erst der Radiowecker hat ihn um sieben Uhr dreißig mit den Regionalnachrichten aus dem Tiefschlaf geholt. Im Spreewald soll es in der Nacht einen regelrechten Wolkenbruch gegeben haben, sagte die Nachrichtensprecherin. Erstaunlich, von seiner Dusche aus kann er hinunter auf die Straße blicken, hier scheint alles trocken zu sein. Während der Rasierapparat leise schnurrend über sein Gesicht gleitet, betrachtet er nachdenklich sein Spiegelbild. Für fast fünfzig siehst du noch ganz gut aus, denkt er. Endlich einmal gut ausgeschlafen, noch wenig Falten im Gesicht, aber die ersten Haare werden wohl doch schon grau. Was soll's, da müssen alle durch. Es geht uns doch gut, schon über fünfundzwanzig Jahre verheiratet und Roswitha und er verstehen sich noch immer blendend. Sie hat unendliches Verständnis für seinen unsteten Beruf und hält ihm den Rücken frei, wo immer sie kann. Der heutige Morgen ist wieder mal ein Beispiel dafür. Leise hat sie sich aus dem Bett geschlichen und ist zur Arbeit in die Klinik gefahren. Bestimmt nicht ohne vorher den Tisch zu decken und alles für das Frühstück vorzubereiten. In freudiger Erwartung dessen geht er in die Küche, ja, wie immer. Frische Brötchen stehen auf dem Tisch, die Zeitung liegt sauber gefaltet daneben. Während das Frühstücksei vor sich hin köchelt und das Kaffeewasser zu brodeln beginnt, überlegt er, wie er seinen heutigen freien Vormittag gestalten sollte. Am Wochenende hatte er Dienst, aber es war ein ausnahmsweise ruhiger gewesen. Nur einmal musste er kurz ins Kommissariat, seine Kollegen hatten einen lange gesuchten Zeugen in einem Mordfall der letzten Woche aufgetrieben und der sollte dringend verhört werden. Aber nach knapp zwei Stunden war Kurt wieder zu Hause, das Verhör war unergiebig, der Zeuge konnte sich angeblich an nichts erinnern. Heute nun musste er erst um vierzehn Uhr zur Lagebesprechung im Kommissariat erscheinen. Vielleicht sollte ich bei dem Superwetter noch eine Runde mit dem Rad fahren, das würde mir ganz guttun, mich mal ein wenig zu bewegen. Mit diesen Überlegungen setzt er sich an den Tisch, schlägt sein Ei auf und schlürft genüsslich den heißen Kaffee. Dann nimmt er die Zeitung, angelt sich den Sportteil heraus und legt den Rest zur Seite. Heute interessiert ihn nur der Kommentar des Sportjournalisten zu dem grauenhaften Spiel des FC Energie vom Wochenende. 1:3 verloren und das im Heimspiel, der Abstieg rückt immer näher. Unter dem alten Trainer Ede wäre so etwas nie passiert, da spielten die Jungs noch in der ersten Bundesliga, jetzt wird wohl nur noch die 3. Liga übrigbleiben. Leider konnte er wegen des Dienstes nicht im Stadion sein, nun möchte er gern lesen, wie die Journalisten das Spiel bewerten. Der Kommentator scheint die gleichen Gedankengänge zu haben. Auch er erinnert an die guten „Geier-Zeiten" und schreibt zum Schluss noch das altbekannte Trapattoni-Zitat: „Haben gespielt wie Flasche leer." Kurt muss schmunzeln, trotz seiner Enttäuschung über das miserable Ergebnis. In diesem Moment klingelt sein Handy. Ärgerlich nimmt er ab: „Ja, Gaebler hier, was gibt es?" „Entschuldige, Kurt, ich weiß, du hast noch frei", meldet sich sein Kollege Sven Orban, „aber die Bereitschaft aus der Kleinstadt hat angerufen, die haben da im Schlosspark eine Leiche gefunden. Das Ermittlungsteam und die Spusi sind schon unterwegs. Aber die Kollegen möchten gern, dass du dabei bist." Das Gefühl, auch an seinem freien Vormittag gebraucht zu werden, überwiegt den Ärger über das nun ausfallende gemütliche Frühstück. Aber mit Sven hat er gemeinsam die Polizeischule absolviert und er weiß, wenn Sven anruft, dann hat das auch einen Grund. „Ist schon in Ordnung, na klar fahre ich da hin, hast du die Adresse?" „Ja, aber kannst du vorher noch kurz vorbeikommen? Wir haben doch jetzt die neue Psychologin hier im Kommissariat, die möchte gern mit dir mitfahren." Kurt ist erstaunt: „Psychologin, seit wann das denn? Davon weiß ich doch gar nichts", knurrt er ins Telefon. „Na ja, das hat der Chef letzte Woche entschieden. Sie hat auch heute erst ihren ersten

Arbeitstag", erklärt ihm Sven. Kurt schiebt noch schnell den letzten Bissen vom Frühstücksei in den Mund und murmelt halb unverständlich: „Ist gut, ich komm vorbei, gib ihr die Adresse mit, sie soll unten am Eingang warten, dauert vielleicht noch fünfzehn Minuten. Wie heißt denn das Mädel?" „Du, sei vorsichtig, von wegen Mädel, das ist Frau Dr. Sabrina Unruh, der Chef ist ganz begeistert von ihr", kommt der Kommentar von Sven. „Ich schick sie gleich runter. Dann bis nachher zur Lagebesprechung, mach's gut." Kurt atmet tief durch, beißt noch einmal kräftig in das Marmeladenbrötchen und nimmt einen großen Schluck Kaffee. Dann räumt er schnell den Tisch ab, sucht seine Sachen zusammen und verlässt das Haus.

Als er mit dem Wagen durch die Stadt fährt, ist er überrascht, wie warm es schon ist, die Sonne kämpft nur noch mit ein paar kleinen Schleierwölkchen. Überall in den Rabatten und Grünanlagen der Stadt blüht es in allen Farben und das Gras hat eine für die Stadt seltene kräftig grüne Farbe. Dabei kann er kaum glauben, was der Nachrichtensprecher soeben berichtet. Heftigste Gewitter und schwere Regengüsse über dem Spreewald. Seltsam und hier ist alles trocken, geht es ihm durch den Kopf. Auf dem Parkplatz vor der Dienststelle erwartet ihn schon etwas ungeduldig eine junge Frau. Groß gewachsen, kurzes brünettes Haar. Er schätzt sie auf Mitte zwanzig. In hellen Jeans, die bunte Bluse unter einer beigen Sommerjacke, geht sie unruhig hin und her und schaut auf die Straße. Kurt bremst, öffnet mit einer Hand die Beifahrertür und ruft: „Wenn Sie Frau Dr. Unruh sind, dann steigen Sie ein." Erstaunt dreht sie sich um, kommt näher und fragt durch die geöffnete Tür: „Guten Morgen, sind Sie Kommissar Gaebler?" „Ja, wer sonst?", brummt er. „Steigen Sie schon ein, wir haben noch ein Stück zu fahren und die Kollegen warten schon!" Sie steigt ein, schließt die Tür gerade noch rechtzeitig, bevor Kurt auf das Gaspedal drückt. Langsam reicht sie ihm die Hand: „Guten Morgen, Herr Kommissar, entschuldigen Sie, ich hab hier schon eine Weile gewartet, der Kollege Orban sagte mir, Sie kämen gleich." „Ist schon gut", brummt Kurt immer noch etwas gereizt. Was soll er denn mit dieser Frau hier anfangen? Er ist es gewohnt immer im Team mit gestandenen Männern zu arbeiten und nun setzen sie ihm hier diesen Teenager ins Auto. Sabrina Unruh ist etwas unsicher, immerhin ist es ihr erster Arbeitstag und sie ist froh, dass der neue Chef sie gleich am ersten Tag mit zu einem Tatort fahren lässt. Der Kommissar neben ihr scheint aber nicht sehr glücklich darüber zu sein. Vorsichtig reicht sie ihm den Zettel, den sie noch immer in der Hand hält. „Der Hauptkommissar Orban hat Ihnen hier die genaue Adresse aufgeschrieben." Kurt nimmt den Zettel, wirft einen kurzen Blick darauf. „Ist in Ordnung, danke! Den Ort kenne ich, da benötigen wir nicht einmal ein Navi." Als er endlich die Auffahrt zur A 15 bewältigt hat, entspannt er sich ein wenig. Was soll's, nun ist sie halt hier, mal sehen, was das wird. Wie immer am Montagmorgen gleicht die rechte Fahrspur einer Perlenkette, ein polnischer LKW nach dem anderen. Es geht halt nur langsam voran, da dieser Abschnitt noch immer für das Überholen der LKW freigegeben ist und die polnischen Trucker sich gern ein Elefantenrennen liefern. „Es überrascht mich ein wenig, dass wir jetzt eine Psychologin im Kommissariat haben", fängt er langsam ein Gespräch an. „Woher kommen Sie denn, Frau Doktor?" „Ach lassen Sie mal den Doktor, Frau Unruh reicht völlig, Sie können mich aber auch Sabrina nennen, denn schließlich gehöre ich ja ab heute zu Ihrem Team", lächelt sie ihn offen an. Na das kann ja heiter werden, denkt er, während sie seine Frage weiter beantwortet. „Ich habe Psychologie und Kriminalpsychologie in Kiel und Bremen studiert und vor wenigen Wochen am Institut für forensische Psychiatrie an der FU Berlin mein Masterstudium abgeschlossen. Jetzt soll ich hier bei Ihnen die eigentliche Polizeiarbeit kennen lernen." Kurt sinnt eine Weile vor sich hin. „Aber ist es dann nicht Ihre Aufgabe, sich mit der Psyche der Täter zu beschäftigen und Täterprofile beziehungsweise Gutachten für das Gericht zu erstellen? Was wollen Sie dann am Tatort?", fragt er noch immer zweifelnd. „Ja, im Prinzip haben Sie recht, aber ich glaube, die Einschätzung der Psyche eines Täters sollte bereits am Tatort beginnen, zumal wenn es sich wie in diesem Fall um Mord handelt", erwidert sie. „Noch wissen wir ja gar nicht, was wirklich vorgefallen ist und der Anblick einer Leiche ist nicht jedermanns Sache. Ist das heute Ihre erste Leiche?", fragt Kurt leicht provozierend. „Ja, außer in der Pathologie ist das der erste reale Fundort", antwortet sie zögernd. „Na gut, dann lassen Sie mich nachher erst einmal allein den Tatort besichtigen", kommt sein Kommentar, während sie nun endlich die Autobahn verlassen können. Der Weg durch die Kleinstadt ist beschwerlich, die Straßen sind inzwischen belebt und vor allem die vielen Radfahrer halten ihn auf. Am Eingang zum Schloss hindert ein Absperrband die Weiterfahrt und ein Streifenwagen versperrt den Eingang. Ein Streifenpolizist tritt heran und Kurt hält ihm seinen Dienstausweis unter die Nase. „In Ordnung, Herr Kommissar, fahren Sie weiter, links am Schloss vorbei bis zur Brücke. Den Rest des Weges werden Sie leider zu Fuß gehen müssen, es ist ziemlich aufgeweicht." Der Polizist hebt das Band so weit an, dass Kurt den Wagen mühelos darunter durchfahren kann. An der Brücke, die er ohnehin mit dem Wagen nicht hätte passieren können, steigen sie aus. Ein Glück, denkt Kurt, dass ich immer die Gummistiefel im Kofferraum habe. Er setzt sich unter die geöffnete Klappe und will sich gerade die Stiefel anziehen, als er die hellen Stoffschuhe seiner Begleiterin sieht. „So werden Sie da nicht durchkommen, kommen Sie, ziehen Sie meine Gummistiefel an", ruft er ihr zu. Als er ihren kritischen Blick sieht, ermuntert er sie: „Ist sicher nicht die neueste Mode, Sie werden Ihnen wahrscheinlich auch etwas zu groß sein, aber glauben Sie mir, Ihre Schuhe werden es Ihnen danken." Sie wagt es nicht zu widersprechen, streift die Schuhe ab und steigt mit einem mulmigen Gefühl in die viel zu großen Stiefel.

Hinter der Brücke laufen sie über den feuchten, aber noch festen Kiesweg zum südlichen Ende des Parkes, ein paar Meter weiter sehen sie, dass die Kollegen vom Kommissariat und der Spusi direkt von der Straße in den Park gefahren sind, nun verstehen sie auch die Bedenken des Streifenpolizisten am Eingang. Die Autos haben die erst neu angelegten und frisch gekiesten Wege völlig zerfahren und stehen nun am Eingang des in den Reiseführern beschriebenen Heckenlabyrinthes. Ein Kollege der örtlichen Wache leitet sie weiter bis zu der Stelle, an der der Weg einen Bogen beschreibt und zurück zu einem kleinen Weiher führt. Aus der Gruppe löst sich einer der Ermittler und begrüßt Gaebler und seine Begleiterin. „Na, was haben wir?", erkundigt sich der Kommissar. „Leider noch nicht viel, eine weibliche Leiche und so gut wie keine Spuren, der Regen der Nacht hat alles weggewaschen, aber schau es dir selbst an." Damit geleitet er Kurt zu der Stelle, an der ein kaum sichtbarer Trampelpfad ins Gebüsch führt. Dort wartet bereits Frau Dr. Lietz, die Gerichtsmedizinerin, auf ihn. Ihre schlammverschmierten Stiefel lassen nichts Gutes für Kurts Lederschuhe erahnen. „Kommen Sie, ich geh mal voran", begrüßt sie ihn und zwängt sich durch die Büsche. Kurt kann nur noch kurz die Psychologin zurückweisen, die ihm folgen will: „Sie bleiben erst mal draußen!", fährt er sie an und folgt der Ärztin durch den dicken, aufgetretenen Schlamm. Nach etwa zehn Metern bleibt Frau Dr. Lietz stehen, zieht die Büsche zur Seite und gibt ihm den Blick frei. Der Anblick von Leichen ist ihm nach all den Jahren nicht neu, aber er schaudert immer wieder. Hier liegt eine junge Frau, vielleicht Ende zwanzig, Anfang dreißig mit verrenkten Beinen und einer aufgerissenen Bluse. Die Ärztin hat die Augen der Toten inzwischen geschlossen, so dass es aussieht, als schliefe sie. Nur ein Stück der Zunge ist noch in dem halb offenen Mund zu sehen. „Können Sie mir schon etwas sagen?", fragt er die Gerichtsmedizinerin. „Nicht viel, aber sehen Sie hier"; damit streift sie die schulterlangen Haare der Toten zur Seite und nun sieht Kurt deutlich die großen blauen Flecken an beiden Seiten des schlanken Halses. „Offensichtlich wurde sie erwürgt", sagt Frau Dr. Lietz, „aber mehr kann ich Ihnen wirklich noch nicht sagen." „Auch nicht zum Todeszeitpunkt?", fragt er zurück. „Nur ansatzweise, die Erde unter der Leiche ist relativ trocken, also müsste sie schon vor dem gestrigen Gewitter hier gelegen haben." „Wissen Sie denn, wann das Gewitter begann?", möchte Kurt wissen. „Die Kollegen hier vor Ort haben mir gesagt, so etwa zwischen vierzehn und vierzehn Uhr dreißig hätte es angefangen." Kurt lässt sich von der Doktorin ein paar Handschuhe geben und durchsucht die Jackentaschen der Toten. „Da haben Ihre Ermittler schon gesucht und nichts gefunden." „Nichts, keine Papiere, kein Handy, nichts?", fragt Kurt erstaunt. „Nein, die Spusi hat schon das Gebüsch umgekrempelt, aber auch nichts gefunden. Sie haben jetzt einen Spürhund angefordert, aber bei dem Schlamm hier wird das schwierig werden. Lassen Sie uns zurückgehen. Was ist das eigentlich für eine Kollegin, die Sie da im Schlepptau haben?", fragt ihn die Lietz. „Aha, Sie wissen also auch nichts davon, der Chef hat ab heute eine Kriminalpsychologin, Frau Dr. Unruh, eingestellt. Können Sie die Dame noch mal zum Fundort führen, sie will sich unbedingt einen eigenen Eindruck verschaffen", bittet er die Ärztin. „Wenn es unbedingt sein muss, hoffentlich fällt sie mir nicht um." Kurt schmunzelt: „Das ist nicht auszuschließen, deshalb möchte ich sie ja Ihnen anvertrauen." Sie treten wieder zurück auf den Weg und sehen ein weiteres Fahrzeug anrollen. „Jetzt kommt der Spürhund, da bin ich aber gespannt, ob der hier überhaupt etwas ausrichten kann", äußert sich einer der Ermittler. Frau Dr. Lietz fasst indessen die Psychologin sanft am Arm: „Kommen Sie mit mir mit, ich zeige Ihnen die Leiche, aber richten Sie sich auf einen unschönen Anblick ein." Die beiden zwängen sich wieder ins Gebüsch und Kurt schaut ihnen zweifelnd hinterher. Während der Hundeführer die Gruppe begrüßt und den aufgeregt an der Leine ziehenden Hund zurückhält, stürzt plötzlich die Psychologin kreidebleich aus den Büschen, schafft es noch bis zur Bank, beugt sich über die Lehne und übergibt sich heftig. Frau Dr. Lietz folgt ihr schulterzuckend, während sich unter den Ermittlern ein Schmunzeln breitmacht. Fast alle haben diesen Augenblick irgendwann einmal selbst erlebt.

Kurt geht zur Psychologin, die sich inzwischen etwas gefangen hat, fasst sie am Arm und es überkommen ihn väterliche Gefühle: „Kommen Sie, Sabrina, das ist normal, jeder hat das schon einmal durchgemacht. Wir fahren jetzt zurück ins Kommissariat, hier können wir eh nichts mehr ausrichten."

KAPITEL 3
(MÄRZ 2013)

Die Mittagspause ist zu Ende und Susi sitzt müde und abgespannt in ihrem kleinen Büro. Neben ihr steht der Kaffee, aber der hilft jetzt auch nicht mehr. Schon seit Tagen ist sie im Stress, ausgerechnet jetzt kurz vor den Feiertagen kann der Biohof die bestellten Eier nicht liefern und kein Mensch hat dafür eine vernünftige Erklärung. Scheinbar haben die da ein Problem mit der Gesundheit ihrer Hühner. Aber darüber spricht natürlich niemand. Jetzt muss sie doch beim Großhandel Eier aus der Massenproduktion ordern. Ihrer Chefin wird das gar nicht gefallen, schließlich wirbt ihre Supermarktkette mit der Liebe zu natürlichen Lebensmitteln. Obwohl die Chefin den Supermarkt nur im Franchising betreibt, steht sie doch voll hinter der Philosophie des Unternehmens. Susi hat gerade das Gespräch mit dem Großhandel beendet, als ihr Handy auf dem Tisch vibriert. Sie hat es auf lautlos gestellt, die Chefin mag es nicht, wenn während des Dienstes private Gespräche geführt werden. Jetzt aber ist sie ja allein im Raum, schnell wirft sie einen Blick auf das Display, das „Caro" anzeigt. Carola ist ihre beste und die einzige Freundin, die sie noch hat, da muss sie abnehmen. „Hallo, Caro, was gibt es? Ich muss hier noch arbeiten." „Ich weiß, Susi", schallt es fröhlich zurück. Woher nimmt diese Frau nur ihre Fröhlichkeit, denkt Susi. An ihrer Stelle wär ich schon längst verzweifelt. Indes tönt es weiter an ihrem Ohr. „Ich will dich auch nicht aufhalten. Du, ich muss aber unbedingt mal wieder mit dir schwatzen, wollen wir uns nicht nachher treffen?" Susi schaut kurz auf die Uhr. „Du, Caro, das wäre toll, aber ich hab heute langen Dienst bis neunzehn Uhr und danach bin ich bestimmt nicht mehr zu gebrauchen, hier ist zurzeit der Teufel los", erklärt Susi der Freundin. „Wie wär's morgen Nachmittag, da bin ich ab fünfzehn Uhr frei." „Na klar, prima Idee", schallt es fröhlich zurück. „Was hältst du von Viertel nach drei im Eiscafé, schaffst du das?" „Wenn ich hier pünktlich rauskomme, sicher", antwortet

Susi und lauscht auf die Schritte im Flur. „Du, ich muss jetzt Schluss machen, ich glaub, meine Kollegin kommt, mach's gut, bis morgen!" „Du auch, Susi, und mach nicht mehr so viel, morgen ist doch auch noch ein Tag, also dann bis morgen, tschüüss!", schallt es aufgekratzt zurück. Susi packt schnell das Handy in die Schublade, während ihre Kollegin nur kurz die Tür aufmacht, um sich zu verabschieden: „Tschüss, Susi, ich mach jetzt Feierabend, bis morgen dann", und schon ist die Tür wieder zu. Ach, Caro, sinniert Susi, während sie schon wieder die Lieferscheine auf ihrem Schreibtisch sortiert, wie macht die das bloß? Sie hat so viel durchgemacht und lässt sich einfach nicht unterkriegen, warum schaffe ich das nicht? Wer weiß, womit sie mich morgen überrascht? Dann holt sie den Ordner mit den Bestellformularen aus dem Regal und ordert die nächste Bestellung.

KAPITEL 4
(MAI 2013)

Das Zimmer ist dunkel, ein schwacher Lichtschein hinter den dunklen, rauchgeschwängerten Vorhängen lässt draußen den Tag erahnen. Harald dreht sich noch einmal um und stöhnt, weil es in seinem Kopf rumort, als ob eine seiner Turbinen auf Hochtouren läuft. Dabei fällt sein Blick zufällig auf den Wecker. „Ach du heiliger Strohsack, es ist ja schon zehn Uhr. Wie bin ich denn nur nach Hause gekommen?" Schwerfällig quält er sich aus dem Bett, schleicht zum Fenster und zieht die Vorhänge auf. Die Sonne leuchtet ihm aus einem strahlend blauen Himmel ins Gesicht. Plötzlich spürt er etwas Warmes an seinem Bein. Kira, seine Hündin, steht mit wedelndem Schwanz neben ihm. „Ach du armes Mädel, wartest du schon lange? Ich glaub, wir müssen erst einmal raus." Er öffnet das Fenster, um dieses schreckliche Gemisch aus Alkohol, Zigarettenqualm und Schweiß, das sich im Zimmer breitgemacht hat, herauszulassen. Dann zieht er seinen Jogginganzug an, schnappt die Leine und geht mit Kira zum Fahrstuhl. Nach zwanzig Minuten ist er wieder zurück. Es war nur eine kurze Runde um den Block, damit Kira sich absetzen konnte. Aber die frische Luft hat ihm gutgetan. Während Kira neben ihm hertrottete und ab und zu mal ihre Position markierte, hatte er Zeit über den gestrigen Abend nachzudenken. Sein Freund und ehemaliger Kollege Günther hatte ihn zu einem Abschiedsgrillen eingeladen. Auch Günther wurde nun im Kraftwerk nicht mehr gebraucht. Allerdings hatte er schnell eine neue Stelle in einem Kraftwerk nahe Leipzig gefunden. Sein Haus konnte er gut verkaufen und schon in der nächsten Woche würden er und seine Frau an den neuen Arbeitsort ziehen. Im Stillen beneidete ihn Harald. Warum konnte er sein Leben nicht so zielstrebig in die Hand nehmen? Im Garten hinter Günthers Haus hingen schon die ersten Rauchwölkchen des Grills in der Luft und verbreiteten einen angenehmen Duft. Günthers Frau Edith zog sich früh zurück, sie mochte Harald nicht so besonders. Das konnte er verstehen, aber Günther war nun mal sein Freund. Harald durfte nicht ins Haus, das mochte Edith nicht, aber in dem kleinen Gartenpavillon konnten die beiden Männer in aller Ruhe bei einem Bierchen nach dem anderen – wie viel waren es eigentlich? – über die alten Zeiten und die Zustände im Werk plaudern. Ja, früher war Harald als Technischer Leiter Günthers Vorgesetzter, aber Freunde waren sie schon immer. Als eine neue Anlage zur Wasseraufbereitung für die Turbinen geplant wurde, war Harald für die Ausschreibungen verantwortlich. Eine namhafte italienische Firma für den Anlagenbau hatte ihn und seine Frau Ruth für ein Wochenende nach Mailand eingeladen. Während sie den Dom besichtigten und in der Sonne auf dessen Dach saßen, nahm ihn der Vertreter der Firma beiseite und erkundigte sich nach dem Stand der Ausschreibungen. Harald zögerte, aber der Firmenvertreter zeigte sich erstaunlich gut informiert. Er wusste, dass Harald und seine Familie gerade ihr neues Häuschen bezogen hatten und dass es Schwierigkeiten mit den Kreditraten gab. Er bot ihm eine nicht unbeträchtliche Summe, wenn die Firma den Auftrag bekommen würde. Harald bat sich Bedenkzeit aus und wollte in Ruhe mit Ruth darüber reden. Dann aber traute er sich nicht, er wusste genau, wie seine Frau reagieren würde. Auf der Rückfahrt sagte er dem Firmenvertreter zu. Die Firma bekam den Auftrag und alles schien gut. Ausgerechnet Ruth, die als Controllerin im Werk arbeitete, fielen irgendwann bei einer Revision die überhöhten Rechnungen auf. Sie ahnte schon länger, dass irgendetwas nicht stimmte, denn die finanziellen Schwierigkeiten waren plötzlich kein Thema mehr in der Familie. Sie sprach ihn an und als sie merkte, wie er mauerte, ging sie mit den Unterlagen zu ihrem Vorgesetzten. Harald wurde fristlos entlassen und wegen Untreue angezeigt. Weil er freiwillig und umfassend aussagte, blieb es bei einer dreijährigen Bewährungsstrafe, den Job aber war er los. Nicht nur das, während des Prozesses reichte Ruth die Scheidung ein und bekam das Sorgerecht für die beiden Kinder. Das gerade erst bezogene Haus übernahm die Bank zur Zwangsversteigerung und Harald zog mit einem Berg an Schulden in eine Zweizimmerwohnung in der Platte am Stadtrand. Nur Günther war ihm als Freund noch geblieben und Kira, die achtjährige Schäferhündin.

Jetzt nach der Runde um den Block bekommt sie erst einmal ihr Futter. Dann geht er unter die Dusche und rasiert sich. Beim Blick in den Spiegel überkommt ihn wie so oft ein Schamgefühl. Mein Gott, ich muss endlich mit der Sauferei aufhören, das bin doch nicht ich. Die Bewährungsfrist ist seit drei Monaten abgelaufen, es ist höchste Zeit, dass ich mich mal ernsthaft um einen Job bemühe. Er geht in die Küche, deckt den Tisch und nimmt sich nach dem ersten Schluck Kaffee die Zeitung vor und schlägt den Anzeigenteil auf.

KAPITEL 5
(MAI 2014)

Auf der Rückfahrt hat sich der Verkehr etwas gelegt und Kurt Gaebler kann den Wagen auf der Autobahn ruhig laufen lassen, während er noch immer an das eben Gesehene denkt. Die Psychologin sitzt blass und nachdenklich neben ihm. „Nun, Sabrina, haben Sie sich ein wenig von dem Anblick erholt? Was denken Sie über den Fall?", spricht er sie an. Sabrina Unruh schreckt aus ihren Gedanken hoch: „Na so sehr viel wissen wir ja noch nicht. Eigentlich würde man ein Sexualdelikt vermuten, aber darauf deutet ja vorerst nichts hin." Unsicher sieht sie den Kommissar von der Seite an. „Die Tatsache, dass die Frau ja ziemlich offensichtlich erwürgt wurde, spricht wohl eher für eine Affekthandlung." „Aber was meinen Sie denn?" Kurt Gaebler schaut nachdenklich auf die Autobahn, bevor er sich äußert: „Mit dem Affekt könnten Sie recht haben, aber wo ist das Motiv? Außerdem tappen wir noch ziemlich im Dunkeln, wir wissen ja noch nicht einmal, ob der Fundort auch der Tatort ist. Die Spurenlage ist ja alles andere als hilfreich." Er schaut zur Psychologin, die sich angesprochen fühlt: „Ja, soweit ich das sehe, haben wir ja noch nicht einmal eine Identität. Ist das richtig?", fragt sie vorsichtig. „Ja, das stimmt", antwortet Gaebler, „noch haben die Kollegen nichts gefunden, ich hoffe, wir erfahren nachher zur Lagebesprechung mehr." Inzwischen haben sie den Parkplatz vor dem Kommissariat erreicht. Kurt parkt den Wagen ein und steigt aus. Zur Psychologin gewandt sagt er: „Ich muss jetzt erst einmal etwas essen gehen, ich hab einen Mordshunger. Wir sehen uns dann nachher vierzehn Uhr in meinem Büro zur Lagebesprechung." Damit verschwindet er eiligen Schrittes in Richtung Kantine.

Zur Lagebesprechung ist das gesamte Ermittlungsteam anwesend. Der Ermittler vor Ort berichtet: „Ich fasse mal zusammen, was wir haben: eine weibliche Leiche unbestimmten Alters und ohne Identität. Wir wissen bei der miserablen Spurenlage noch nicht, ob Fundort und Tatort identisch sind. Der Spürhund hat trotz des Regens der Nacht in einem Gebüsch nahe des Ausganges des Parkes eine Umhängetasche aus Jeansstoff gefunden. Sie könnte dem Opfer gehört haben, aber der Inhalt hilft uns nicht wirklich weiter. Kein Portemonnaie, keine Papiere, nichts. Nur der übliche Weiberkram." Die Psychologin schaut verstört auf. „Willi, entspann dich, wir haben hier eine Frau unter uns", unterbricht Kurt den Vortrag. Der Ermittler schaut etwas irritiert und fährt fort: „Entschuldigung, also das, was Frauen gewöhnlich so in der Handtasche haben, einen Spiegel, Lippenstift, Kamm und eine Cremeschachtel. Das Einzige, was uns weiterhelfen könnte, ist ein Schlüsselbund. Allerdings hat kein Schlüssel eine eindeutige Kennzeichnung. Wir haben schon die beiden am Ort ansässigen Wohnungsverwaltungen befragt, zu deren Wohnungen gehören sie jedoch nicht. Also wissen wir noch immer nicht, woher die Tote stammt." Zwischenzeitlich hatte Kurts Handy kurz angeschlagen und er hat das Gespräch angenommen. „Frau Dr. Lietz hat eben angerufen, sie kommt gleich hoch und wird uns ihre ersten Erkenntnisse mitteilen. Wir machen mal eine kurze Pause." Während die meisten Ermittler auf den Flur drängen, und sich um den großen Aschenbecher scharen, blättert Kurt die inzwischen eingegangene Post durch und überfliegt noch einmal kurz das Protokoll seiner Vernehmung am Samstag.

Inzwischen hat das Erscheinen der Gerichtsmedizinerin alle wieder im Raum versammelt. „Frau Dr. Lietz, was gibt es aus Ihrer Sicht zu sagen?", fordert Kurt die Ärztin auf. Die nimmt ihren Notizblock zur Hand: „Ich habe noch nicht alles, aber so viel kann ich sagen: Die Tote ist etwa dreißig bis fünfunddreißig Jahre alt. Die Todesursache ist eindeutig Erwürgen. Hier muss jemand sehr kräftig mit viel Wut im Bauch zugedrückt haben. Ich vermute mal eine Affekthandlung." Mit Blick zur Psychologin: „Sehen Sie das auch so, Frau Unruh?" „Ja, das vermute ich auch", antwortet diese. Frau Dr. Lietz fährt fort: „Ein Sexualdelikt im engeren Sinne kann ich ausschließen, wie Sie ja gesehen haben, war die Hose der Toten nicht geöffnet und meine Untersuchungen im Genitalbereich schließen eine Vergewaltigung aus. Allerdings muss der Täter sexuelle Absichten gehabt haben, denn die Bluse wurde gewaltsam aufgerissen und es gibt Kratzer an den Brüsten. Der Täter wollte wohl gewaltsam den BH öffnen. In diesem Bereich konnte ich auch geringfügige DNA-Spuren isolieren, ich weiß aber noch nicht, ob die letztendlich für eine eindeutige Identifizierung des Täters reichen werden. Das gilt im Übrigen auch für die Hautpartikel, die ich unter ihren Fingernägeln gefunden habe, das ist die gleiche DNA." Nachdenklich blicken die Ermittler vor sich hin. „Können Sie den Tatzeitpunkt näher eingrenzen?", fragt Kurt. „Ja, wie ich ja schon am Fundort andeutete, lag die Tote schon vor Beginn des Regens dort. Nach meinen Untersuchungen an der Leiche lege ich mich mal auf Sonntagnachmittag zwischen vierzehn und fünfzehn Uhr fest. Die Untersuchung deutet weiter darauf hin, dass der Fundort auch der Tatort ist, denn die Tote scheint nicht bewegt worden zu sein." Sie will schon ihren Vortrag beenden, als ihr spontan noch etwas einfällt: „Ach ja, noch etwas Auffälliges, was Ihnen vielleicht weiterhilft. Sie haben am Fundort ja schon die Narbe auf der Stirn gesehen. Auch im Bereich des Brustkorbes und an beiden Oberschenkeln befinden sich Narben. Das Ganze lässt auf einen schweren Unfall, ich vermute mal Autounfall, schließen, der vielleicht fünf Jahre zurückliegen kann." Damit klappt sie ihr Notizbuch zu und schaut fragend zu Kurt. „Ja, danke, Frau Doktor, ich denke, damit sind wir jetzt alle auf einem gemeinsamen Wissensstand." Damit beendet er die Besprechung und alle eilen an ihre Arbeitsplätze.

KAPITEL 6
(MAI 2013)

Fünf Minuten nach drei betritt Susi das kleine gemütliche Eiscafé am Eingang des Parkes gelegen. Früher war das mal eine Gärtnerei, die nach der Wende wie so vieles in der Stadt verfiel. Anfang des neuen Jahrhunderts hat ein junges Pärchen eines der Gewächshäuser gekauft und zu einem Café und Restaurant umgebaut. Nun konnte man hier je nach Wetterlage drinnen oder draußen immer im Hellen sitzen und war umgeben von einer wahren Blumen- und Pflanzenpracht. Bei dem schönen Wetter heute ist es gar keine Frage, Susi sucht sich einen kleinen Tisch in der Nähe des Eingangs, der von einem bunten Sonnenschirm beschattet ist. Carola ist noch nicht zu sehen, aber das ist nichts Aufregendes, denn Pünktlichkeit war noch nie ihre Stärke, schon in der Schule nicht, wo sie deshalb ständig Ärger bekam. Susi studiert in Ruhe die Eiskarte und bestellt erst einmal ein Glas Wasser. Nach etwa zehn Minuten sieht sie Caro in einem leichten bunten Kleid fröhlich lachend und winkend den Weg herabkommen. Schon von weitem erklingt ihre helle Stimme: „Hallo, Susi, hier bin ich", fällt sie Susi um den Hals. „Bin wieder mal zu spät, nicht? Ist aber nicht so schlimm, jetzt bin ich ja hier. Hast du schon bestellt?" Wie ein Wasserfall rauschen die Worte auf Susi herab. Die Frau konnte einfach nicht anders, immer Highspeed. „Nein, ich hab natürlich auf dich gewartet, wie werde ich denn? Ohne dich geht doch hier nichts los", antwortet Susi leicht ironisch. „Na dann lass uns mal in die Karte gucken, hast du schon was gefunden?" Carola greift nach der Karte, ein kurzer Blick und schon scheint die Wahl klar. „Du, ich will heut mal richtig verrückt sein, ich nehme den Schwarzwälder-Kirsch-Becher mit richtig viel Sahne und einen Pharisäer, und du?" Susi zögert ein wenig, blickt noch einmal in die Karte: „Ich glaube, ich nehme einen kleinen Früchtebecher ohne Sahne und einen Cappuccino." „Mann, Susi, sei doch nicht immer so bescheiden, komm, ich lad dich heute ein", kommt es wie aufgedreht aus Caros Mund. Susi schaut sie ratlos an: Was ist nur mit Carola los, sie ist doch ständig klamm und so aufgedreht habe ich sie schon lange nicht erlebt. Aber so war sie schon immer, schon in der Schule, nie Geld in der Tasche, aber immer vornweg. Immer der Schwarm aller Jungen. Deshalb war sie bei den Mädchen der Klasse äußerst unbeliebt, denn es gab keinen Jungen, der nicht mit ihr gehen wollte. Häufig musste sich Carola auf dem Schulhof den Spott der anderen Mädchen anhören: „Na, Caro, vor welchem Bett standen deine Schuhe heute Nacht?" Caro machte das nichts aus, sie lächelte nur und ließ die Spötter stehen. Nur Susi war ihre Freundin, ihr waren die Jungs mehr oder weniger egal, sie hatte schon seit der neunten Klasse ihren Matthias aus der elften als Freund.

Caro hat inzwischen die Kellnerin herangewinkt und die Bestellung aufgegeben. „Wo bist denn du mit deinen Gedanken?" „Ach nichts, ich war wohl noch bei der Arbeit", antwortet Susi leicht verlegen. „Du wirst eines Tages noch vor lauter Arbeit die Welt um dich herum vergessen", wirft ihr Caro vor und dann schwatzen sie erst einmal locker und entspannt über all die wichtigen Dinge der letzten Zeit. Caro ist immer auf der Höhe der Zeit. Sie liest viel und vor allem gute Bücher und ist ein ausgesprochener Kinofan. Man kann sich prima mit ihr unterhalten und was für Susi ganz wichtig ist, Caro kann auch schweigen und gut zuhören, wenn sie merkt, dass der andere Sorgen hat. Sie ist eine wirklich gute Freundin, die einzige, die sie jetzt noch hat. Inzwischen sind die Eisbecher geleert und Caro bestellt sich noch einen Pharisäer. „Du, Caro, da ist Alkohol drin, und das bei der Hitze, verträgst du das?", fragt Susi etwas besorgt, denn sie weiß, dass Caro starke Medikamente nehmen muss. „Ach Quatsch, das bisschen Alkohol, ist ja auch Kaffee dabei", lacht Carola, greift in das Chaos ihrer Handtasche und holt ihr iPhone heraus. „Ich muss, dir mal was zeigen, hab ich letzte Woche entdeckt, du, das ist geil." Sie tippt auf einen grünen Button auf dem Display: „Ist ein tolles Wissensspiel, ziemlich niveauvoll. Da kannst du über fünf Runden verschiedene Sachgebiete spielen, Geographie, Geschichte, Politik und so weiter. Vor allem kannst du dir beliebige Spieler aussuchen, du glaubst gar nicht, was du da für

Leute kennen lernst." Das ist wieder so ein Caro'scher Wortschwall, Susi kommt gar nicht hinterher, aber Caro ist schon voll in Fahrt: „Komm, gib mir mal dein iPhone, ich lad es dir schnell rauf." Susi zögert: „Nee, lass mal, ich will sowas nicht." „Komm, hab dich nicht so, gib mal her, ist auch kostenlos, das heißt, wenn du ohne den Werbequatsch spielen willst, musst du die Premiumversion runterladen, ist aber nicht schlimm, kostet nur 2,99 €." Caro trinkt einen Schluck ihres alkoholisierten Kaffees, greift sich Susis iPhone, das diese zögerlich aus der Jackentasche gefingert hat, und in wenigen Sekunden, führt sie Susi das Spiel vor. „Du brauchst einen Nickname", erklärt sie der verblüfften Susi. „Was soll ich denn da nehmen?" Caro denkt kurz nach: „Wie wär's mit 80Susi33?", plappert sie munter weiter und schaut Susi an. „Na wenn du meinst, was hast denn du für einen Namen?" Caro legt ihr iPhone auf den Tisch: „Schau hier, ich bin Cobranix." Susi schaut sie ungläubig an: „Was ist das denn für ein Quatsch?" „Ist mir halt so eingefallen, ist doch egal. Komm, wir spielen mal eine Runde, dann verstehst du das schon." Sie spielen nicht nur eine, sondern drei Runden und Susi findet langsam Gefallen an dem Spiel. Vorsichtig schaut sie auf die Uhr. Oh Gott, über eine Stunde sitzen wir jetzt schon hier, ich muss doch noch unbedingt die Einkäufe für meine Mutter erledigen. Caro hat ihren Blick natürlich sofort erkannt: „Was schaust du denn schon wieder auf die Uhr? Die Arbeit ist doch vorbei, was hast du denn jetzt noch vor?", fragt Carola mit einem leichten Vorwurf in der Stimme. „Ich muss dir doch noch was Wichtiges erzählen", sagt Caro und zum ersten Mal an diesem Nachmittag liegt ein ernster und nachdenklicher Zug auf ihrem hübschen Gesicht. „Weißt du, Susi, ich war doch letzte Woche zur Nachkontrolle in Berlin und gestern haben die mich angerufen." Susi erschrickt, sie kennt Caros Tumorgeschichte. „Oh Gott, und nun?", fragt sie ängstlich. „Na ja, sie haben mehrere Metastasen entdeckt und nun muss ich morgen wieder einziehen." Susi wird blass, die beste Freundin, die einzige, soll wieder in die Klinik mit so einem Befund. „Gehst du wieder in die anthroposophische Klinik?", fragt sie leise. „Na klar doch, in ein anderes Krankenhaus kriegt mich keiner mehr", kommt

Caros spontane Antwort. „Nun sei mal nicht so traurig, Unkraut vergeht nicht, ich komm doch wieder und wenn du willst, kannst du mich ja besuchen." Caro steht auf, umarmt Susi, schaut sie lange an und kann trotz ihres Lächelns die leichte Träne im Augenwinkel nicht unterdrücken. Sie trinkt hastig den letzten Schluck ihres inzwischen kalt gewordenen Kaffees. „So, und nun mach's gut, ich will noch ins Kino. Denk daran, wir sehen uns bald wieder und inzwischen spielen wir das Spiel." Noch einmal umarmt sie Susi und verschwindet schnellen Schrittes. Nach ein paar Metern dreht sie sich um, winkt und lässt ein fröhliches „Tschüss" hören, dann ist sie hinter einer Hecke verschwunden.

KAPITEL 7
(JUNI 2013)

Es ist Sonntagnachmittag, Harald hat eine ausführliche Runde mit Kira an der Spree entlang hinter sich. Wie schon so oft in letzter Zeit hat ihn der Anblick der braunen Brühe in dem einst klaren Fluss verärgert. Das nun soll das Ergebnis einer nachhaltigen Energiepolitik sein? So hat man sich das sicher nicht vorgestellt. Die Luft in der Wohnung ist stickig, aber Harald weiß nicht so recht wohin. Günther ist inzwischen umgezogen und draußen allein mit dem Hund im Park zu sitzen macht auch keinen Sinn. Seit zwei Wochen hat er nun eine neue Arbeit gefunden und fährt an fünf Tagen in der Woche als Kurier durch die Gegend. Das befriedigt ihn nicht wirklich, aber als Diplom-Ingenieur hat er scheinbar keine Chance und irgendetwas muss er ja tun. Zumindest hat der Job den Vorteil, dass er nach seinen Runden zeitig zu Hause ist und sich um Kira, die nun schon eine ältere Dame ist und ihre ersten Alterserscheinungen pflegt, kümmern kann. Harald öffnet weit das Fenster, und genießt den frischen Windzug, auch wenn er nicht wirklich kühlt. Dann holt er sich eine Tasse Kaffee, stellt sie aufs Fensterbrett, zieht einen Stuhl heran und liest den letzten Teil der Sonntagszeitung. Als er auch damit zu Ende ist, überkommt ihn die Langeweile. Es ist schade, dass er nun, nachdem Günther weggezogen ist, niemanden mehr hat. Er sollte sich mal wieder ein paar neue Freunde zulegen, vielleicht auch mal daran denken, sich nach einer Partnerin umzusehen. Die Kollegen im Kurierdienst sind meist alle schon älter, zum größten Teil Rentner, die ihre Rente aufbessern wollen. Die haben Familie und einen festen Freundeskreis. Was Frauen angeht, hätte er alle Möglichkeiten, denn die Kunden des Kurierdienstes sind überwiegend Arztpraxen und Laboratorien, hier arbeiten ja fast nur Frauen. Obwohl er in der einen oder anderen Praxis schon nette Kontakte zu den Helferinnen gefunden hat, traut er sich einfach nicht, mal eine konkrete Verabredung anzubahnen. Zu tief sitzt immer noch die

Enttäuschung über Ruths Weggang und den Verlust der Kinder, zu denen er kaum noch Kontakt hat. Wie Günther ihm an dem Abschiedsabend erzählte, hat Ruth jetzt ein Verhältnis mit ihrem Chef. Das gibt Harald erneut einen Stich. Bei dem Gedanken an Günther fällt ihm ein, dass der ihm doch an jenem Abend das Spiel erklärt hatte. Gemeinsam hatten sie noch Haralds Nickname ausgesucht: MOHAKI. Lange hatten sie mit bierschwerer Zunge danach gesucht, bis Harald eine Lösung fand: der letzte Mohikaner Harald mit Kira. So entstand MOHAKI. Günther nannte sich 64GÜBÄR. Danach hatten sie einige Male gegeneinander gespielt, aber als Harald fast immer gewann, wurde es langweilig. Bei allem, was hinter ihm lag, war Harald doch stolz auf seine gute Allgemeinbildung. Dafür hatte sein Vater, der Archivar einer großen Bibliothek, immer gesorgt. Kaum einer seiner Mitschüler hatte so viele Bücher gelesen wie er. Das verschaffte ihm im Deutschunterricht insbesondere bei den Aufsätzen immer Vorteile. Auch heute noch las er viel, eben nicht den Klatsch und Tratsch, sondern Artikel über Wissenschaft und Technik, aber auch Politik und Weltgeschichte. Auf das gleiche Niveau hat er auch sein Fernsehprogramm ausgerichtet.

Harald steht auf und sucht sein iPhone. Nachdem er es endlich in der Ladestation gefunden hat, setzt er sich wieder ans Fenster und ruft das Spiel auf. Gegen wen soll er jetzt spielen? Er gibt die Rubrik „Beliebiger Spieler" ein und spielt die erste Runde, immerhin zwei richtige Antworten. Es dauert eine Zeit, in der er die leere Kaffeetasse wegräumt, dann signalisiert ein kurzer Piepton, dass sich ein Mitspieler gefunden hat. Er öffnet das Display und liest: 80Susi33. Das hört sich gut an, denkt er. Bestimmt eine hübsche junge Frau. Seine Phantasie lässt Bilder im Kopf entstehen: eine junge Frau, wenn der Nickname einen Bezug hat, dann ist sie gerade mal dreißig. Warum spielt eine junge hübsche Frau solch ein Spiel? Hat sie keinen Partner, keine Familie? In seinen Gedanken sieht er eine attraktive blonde Frau, die – wie er – irgendwo einsam am Fenster sitzt und sehnsüchtig herausschaut. Er nimmt das Spiel an. Nach der fünften Runde gewinnt er ganz knapp mit einem Punkt. Er geht im

Nachhinein noch einmal alle Fragen durch und stellt fest, dass sie beide bis auf den einen Unterschied die gleichen Fragen richtig oder falsch beantwortet haben. Interessant, denkt er, das Mädel scheint intelligent zu sein. Vielleicht ist das mal eine niveauvolle Gegenspielerin und schon hat er den Button „Nochmal" gedrückt. Es geschieht erst einmal lange Zeit nichts und Harald fürchtet schon, dass 80Susi33 sauer ist, weil sie verloren hat und deshalb nicht mehr weiterspielen möchte.

Er angelt das Fernsehprogramm vom Tisch und blättert den Sonntag auf. Da sieht er, in wenigen Minuten läuft ein Bericht über Kanada. Dieses weite Land ist schon immer sein Traum, da würde er gern einmal hinfahren, aber wovon? Seit seiner frühesten Jugend jedoch hat er schon vieles über Kanada gelesen. Rasch geht er in die Küche, holt sich eine Flasche Bier aus dem Kühlschrank und schaltet den Fernseher ein.

KAPITEL 8
(MAI 2013)

Nachdenklich geht Susi durch den Park, es ist ruhig um diese Zeit. Nur hier und da mal jemand, der seinen Hund Gassi führt. Susi ist in ihren Gedanken noch bei Carola. Immer wieder erstaunt sie die unverwüstliche Lebensenergie dieser Frau. Dabei war doch ihr Lebensweg alles andere als gerade. Gleich nach der Schule hatte sie Stefan geheiratet und bald danach ihre Tochter Fritzi, ihren Sonnenschein, geboren. Doch die Ehe hielt nicht lange, Caros Temperament war auch nach der Heirat ungebrochen und Stefan war im wahrsten Sinne des Wortes ein ruhiger Beamter, der seinen Job in der Stadtverwaltung ernst nahm und ansonsten in seiner Volleyballmannschaft aufging. Caro war das zu wenig. Fritzi ging noch aufs Gymnasium, als Caro ihr unstetes Leben wieder aufnahm. Hier ein Flirt, da ein Seitensprung und immer auf der Suche nach dem Richtigen. Dann plötzlich der siebente Himmel. Freudestrahlend hatte sie Susi damals ihr Glück mitgeteilt. „Stell dir vor, ich hab einen neuen Partner." Ein Architekt aus der Nachbarstadt hatte ihr eine eigene Wohnung eingerichtet und das Glück schien perfekt. Zunächst allerdings kam die Scheidung von Stefan und Caro zog mit der pubertierenden Fritzi allein in die neue Wohnung. Wie das Leben so spielt, das große Glück hielt nicht lange. Dem Architekten schien die Aussicht, mit der flotten jungen Frau auch noch eine zickige Tochter zu übernehmen, wohl doch zu anstrengend. Außerdem fürchtete er um seine Firma, wenn er sich von seiner Frau scheiden lassen würde. Nun saß Caro mit Fritzi allein in der neuen Wohnung. Aber Caro wäre nicht Caro, wenn sich nicht schon bald wieder ein Mann an ihrer Seite hätte Hoffnung machen können. Diesmal war es Ansgar. Ein ruhiger, besonnener Mann, etwas älter als Caro. Er arbeitete als Mechaniker in einem großen Metallbauunternehmen. Nach seiner Scheidung lebte er allein in seinem kleinen Häuschen mit Garten am Rand der Stadt. Fritzi war inzwischen selbstständig geworden und studierte im Ausland. Nun schien endlich Ruhe in Carolas Leben einzukehren. Ansgar war der Typ zum Anlehnen, er las Caro jeden Wunsch von den Augen ab und war aber auch bereit ihren spontanen Ideen zu folgen. Caro zog in das kleine Haus, freundete sich mit Ansgars drei Katzen an und teilte seine Liebe zum Motorradfahren. In diesem Sommer waren sie oft mit dem Motorrad an der Ostsee und immer wenn die beiden Freundinnen sich trafen, war Caro voll des Glückes und Susi beneidete sie ein wenig. Glück aber scheint etwas sehr Zerbrechliches zu sein. Eines Morgens unter der Dusche fühlte Caro einen Knoten in der Brust. Als sie Susi so nebenher von „der kleinen harten Stelle in der Brust" erzählte, mit dem Nachsatz: „Ist bestimmt ganz harmlos", wurde Susi ernst und empfahl ihr nachdrücklich den Gynäkologen aufzusuchen. Tage später, als sie sich wieder einmal in der Stadt trafen, berichtete ihr Caro von der Diagnose „Brustkrebs". Nun ging alles ganz schnell. Caro wurde in der Landesklinik operiert und erhielt die erste Chemotherapie. Als Susi ihre Freundin danach zu Hause besuchte, bekam sie einen Schreck. Caro war nicht mehr wiederzuerkennen, unabhängig von dem Haarausfall hatte sie sich auch in ihrem Wesen völlig verändert. Sie berichtete von den fürchterlichen Erlebnissen in der Klinik: „Du, das ist grauenvoll, alles ist so unpersönlich, du kommst dir da vor wie ein Werkstück auf einem Fließband. Keiner redet mit dir, wenn du die Ärzte fragst, bekommst du nur unfreundliche kurze Antworten, mit denen du nichts anfangen kannst. Nein, Susi, da gehe ich nie wieder hin!" „Aber du musst doch weiter behandelt werden, wo willst du denn dann hin?" Susi machte sich ernsthaft Sorgen. Aber da blitzten schon wieder Caros Augen: „Mach dir mal keinen Kopf, ich hab schon im Internet recherchiert." „Und bist du fündig geworden?", fragte Susi. „Ja, in Berlin gibt es eine anthroposophische Klinik. Ich hab mich belesen, hört sich supergut an. Die haben da ein zertifiziertes Brustkrebszentrum und Psychologen und Sozialarbeiter. Du wirst es nicht glauben, ich hab dort angerufen und nächste Woche schon kann ich meine Behandlungen in der Klinik fortsetzen. Ist das nicht toll?" Da war er wieder, der ungebrochene Optimismus ihrer

Freundin. Monate später war Caro scheinbar wieder völlig geheilt. Es ging ihr gut und sie war voller Begeisterung. Sie schwärmte in den höchsten Tönen von der Klinik: „Alle sind total nett, es gibt keine Hektik, alles ist so ruhig, als ob du zur Erholung da bist. Jedem kannst du mit deinen Fragen auf den Nerv gehen. Sie nehmen sich Zeit und erklären dir alles ganz in Ruhe und vor allem so, dass du es auch verstehst. Da würd ich immer wieder hingehen." Susi merkte ihrer Freundin richtig an, wie sie wieder auflebte. Nach der langen Krankschreibung war ihre befristete Stelle in einem Planungsbüro besetzt. Nun war sie auf der Suche nach einem neuen Job. Trotz der Tatsache, dass sie zunächst nur stundenweise arbeiten durfte, bot ihr ein Arzt eine Stelle in seiner Praxis an. Die Stelle gefiel ihr und bald war sie wieder mit vollem Engagement bei der Sache. Und nun das. Morgen würde sie wieder in die Klinik müssen.

Traurig schlendert Susi die letzten Meter zum Ausgang des Parkes, kramt in ihrer Tasche nach dem Zettel, den ihr ihre Mutter gestern Abend noch in die Hand gedrückt hat und holt sich einen Einkaufswagen für den Supermarkt. Mit der vollen Einkaufstüte steigt sie die zwei Treppen zur Wohnung ihrer Mutter hinauf. Seit Vaters Tod wird Mama immer unbeweglicher. Sie geht kaum noch aus dem Haus und überlässt alle Dinge mir. Ich werde mich wohl langsam mal nach einem Pflegedienst umsehen müssen, denkt Susi frustriert, als sie den Schlüssel für die Wohnung aus der Tasche kramt. Während sie die Tüte ausräumt und alles auf den Küchentisch stellt, ahnt sie schon, was kommt: „Ach Kind, ich wollte doch das Brot mit den Körnern und der Senf ist auch nicht der aus Bautzen. Wozu erzähl ich dir denn das alles. Hörst du mir denn nicht zu?" Immer dieselbe Litanei, nie kann ich es ihr recht machen, ärgert sich Susi und knallt etwas unsanft die Flasche mit dem Fruchtsaft auf den Tisch. Die Mutter spürt den Ärger ihrer Tochter: „Komm, Kind, setz dich, ich mache uns einen Tee", fordert sie Susi auf. Doch die hat jetzt keine Lust mehr, sich die ellenlangen und immer wiederkehrenden Erzählungen ihrer Mutter anzuhören. „Nee, lass mal, Mama, das war heut ein langer Tag für mich. Ich bin völlig kaputt und hundemüde. Morgen vielleicht." Sie wirft die leere Tüte in den Müll und verabschiedet sich: „Mach's gut, Mama, ich ruf dich morgen an, wenn ich wieder im Büro bin." Damit hat sie schon die Wohnungstür in der Hand und verschwindet im Treppenflur.

Zu Hause angekommen, lässt sie erst einmal alles fallen, wirft die Jacke auf den Sessel und schleudert die Schuhe von den Füßen. Dann schnappt sie sich ihr iPhone, setzt sich auf das Sofa und nimmt die Füße hoch. Endlich Feierabend. Ob ich Caro nochmal anrufe? Sie geht in die Kontakte und drückt „Caro", aber es meldet sich nur die Mailbox. Wahrscheinlich hat Caro ihr Handy abgeschaltet und bereitet sich auf die Klinik vor. Da fällt ihr das Spiel ein, das Caro ihr heut Nachmittag im Café erklärt hat. Sie drückt den grünen Button und lädt „Cobranix" zum Spiel ein. Nachdem sie sich einen Tee gebrüht hat, schaut sie auf ihr Display, aber Caro hat noch nicht geantwortet. Sie ruft ein neues Spiel auf und wählt „Beliebiger Spieler" und schon zeigt ihr das iPhone, dass ein „MOHAKI" zum Spiel bereit ist. Er hat die erste Fragerunde schon verdeckt beantwortet und nun ist sie an der Reihe. MOHAKI antwortet schnell und es dauert gar nicht lange, bis das erste Spiel beendet ist. Mit nur einem Punkt Rückstand hat sie verloren. Schade, denkt sie, das war ein schönes und schnelles Spiel und ganz schön anstrengend. Was immer auch „MOHAKI" bedeutet, der oder die scheint nicht dumm zu sein, das gefällt mir, und schon hat sie den „Nochmal"-Button gedrückt. Inzwischen macht sich ein leichtes Hungergefühl bemerkbar, Susi geht in die Küche und bereitet ihr Abendessen vor, brüht einen neuen Tee auf. Sie deckt den Tisch, lässt sich wieder aufs Sofa fallen, greift zur Fernbedienung und schaltet den Fernseher ein. „So, nun ist endlich Feierabend", entfährt es ihr im Selbstgespräch und sie greift beherzt zum Abendbrotteller.

KAPITEL 9
(MAI 2014)

Es scheint ein schöner Tag zu werden. Die Sonne der letzten Tage hat die Stadt aufgewärmt. Die noch vor zwei Wochen in sattem Grün strotzenden Rabatten und Grünflächen werden zusehends müde. Es wird höchste Zeit, dass der Himmel seine Schleusen wieder mal öffnet, aber im Moment deutet nichts darauf hin. Am Spremberger Turm stehen bereits die ersten Touristengruppen und lauschen aufmerksam der Stadtführerin. Ein Gedanke fährt spontan in Kurts Kopf: Hab ich eigentlich schon meinen Beitrag für den Turmverein bezahlt? Er und seine Frau sind schon seit einigen Jahren Fördermitglieder. Muss ich mir unbedingt nachher aufschreiben, denkt er. Im Präsidium angekommen, holt er sich erst einmal einen Chocolatino aus dem Kaffeeautomaten. Der steht erst seit einer Woche hier. Hat der Chef angeschafft, um angeblich das Arbeitsklima zu verbessern. Ironisch denkt Kurt, ob das wohl hilft. An seinem Schreibtisch angekommen, lässt er den Computer hochfahren, nimmt einen Schluck des süßen Getränkes, an das er sich sicher gewöhnen könnte. Dann holt er den Stapel unerledigter Akten aus dem Fach und schaut nachdenklich aus dem Fenster. Es sieht nicht gut aus. In Sachen „Spreewaldleiche" ist er immer noch nicht weitergekommen. Der abschließende Bericht der Pathologie, den er jetzt gerade noch einmal überfliegt, hat nichts Neues beizutragen. Die Recherche nach schweren Autounfällen im Spreewald in den letzten fünf Jahren hat mindestens acht Unfälle aufgezeigt, aber aus keinem war irgendeine Beziehung zur Toten abzuleiten. Auch zu dem aufgefundenen Schlüsselbund konnten sie trotz eines Aufrufes in der örtlichen Presse keine Hinweise bekommen. In der letzten Besprechung hatte er kurz mit den Kollegen darüber nachgedacht, eventuell die Fernsehsendung „XY" einzubeziehen, sie hatten den Gedanken aber schnell wieder verworfen, denn dafür gab es noch viel zu wenig Anhaltspunkte. Er legt die Akte beiseite und überfliegt wiederholt den Fall des Toten an der Autobahnraststätte, aber auch in diesem Fall hängen sie fest. Während er noch überlegt, was sie dabei eventuell übersehen haben könnten, klingelt sein Telefon. „Gaebler, Mordkommission", meldet er sich etwas mürrisch. „He, Kurt, was ist los, dass du schon am frühen Morgen so grantig bist? Hast du schlecht geschlafen oder Ärger zu Hause?", meldet sich sein Kollege Eike Paslack aus der Vermisstenstelle. Sie kennen sich schon lange, haben gemeinsam die Polizeischule besucht und gehen manchmal noch zusammen ins Stadion. Sofort hat er die Stimme erkannt: „Hallo, Eike, von dir hab ich ja schon lange nichts gehört, was verschafft mir denn die Ehre?" „Red nich so dummes Zeug. Hast du 'nen Kaffee für mich, dann komm ich mal kurz runter zu dir", klingt es frohgemut zurück. „Na dann komm mal, wir haben hier einen ganz tollen Kaffeeautomaten auf dem Flur, da kannst du zwischen sechs Sorten wählen. Ich geb auch einen aus." „Na wenn das so ist, dann bin ich doch gleich bei dir", antwortet ihm Eike und legt auf.

Nachdem sie sich auf dem Flur begrüßt haben, steckt Kurt ein paar Münzen in das Gerät, und zischend füllt sich der Becher mit dem Latte macchiato, den sich Eike ausgesucht hat. Am Schreibtisch reden sie erst einmal über Familie, Fußball und das Wetter, bevor Eike zum Thema kommt. „Du, Kurt, ich habe hier seit gestern eine Vermisstenmeldung. Es geht um eine junge Frau, die der Beschreibung nach zu eurer Toten aus dem Spreewald passen könnte." „Na dann erzähl mal, was hast du?", fragt Kurt neugierig nach. „Na ja, so viel denn auch wieder nicht. Eine Frau aus Fürstenwalde hat angerufen. Die wiederum wurde von ihrer Mutter angerufen, die ihre Tochter, eine Schwester der Anruferin, seit einigen Tagen vermisst." „Klingt ein bisschen kompliziert", meint Kurt. „Was soll das mit unserer Spreewaldleiche zu tun haben?" Eike trinkt den Rest seines Kaffees und schiebt Kurt einen Zettel über den Schreibtisch: „Ich weiß es doch auch nicht, aber die Beschreibung passt so ziemlich genau auf eure Tote. Am besten, du unterhältst dich mal mit der Anruferin. Adresse und Telefonnummer stehen da drauf." Damit steht er auf und lächelt Kurt an: „Der Kaffee war übrigens gut. Frag doch mal den Chef, ob wir nicht auch so einen Automaten bekommen können." Er reicht Kurt die Hand und fragt noch im Hinausgehen: „Wie wär's, gehen wir Samstag mal wieder zu Energie?" Während Eike die Tür hinter sich zuzieht, ruft Kurt ihm noch nach: „Ich ruf dich an!"

Kurt wirft den leeren Kaffeebecher in den Papierkorb und langt nach dem Zettel, den Eike ihm rübergereicht hat. Er wählt die Nummer und muss lange warten. Als er schon auflegen will, meldet sich eine helle Stimme: „Ja, hier Voßberg." „Guten Tag, Frau Voßberg, mein Name ist Kurt Gaebler, ich bin Kommissar im Präsidium Cottbus." „Ja und?", kommt es fragend zurück. „Frau Voßberg, Sie haben bei meinem Kollegen Paslack eine Vermisstenmeldung aufgegeben, dazu würde ich mich gern einmal mit Ihnen unterhalten. Darf ich Sie besuchen?" Es ist kurze Zeit still in der Leitung, dann kommt zögernd die Frage: „Haben Sie denn meine Schwester gefunden?" „Frau Voßberg, das wissen wir noch nicht, außerdem möchte ich das nicht am Telefon mit Ihnen erörtern. Hätten Sie denn morgen Zeit für ein Gespräch? Ich komme auch zu Ihnen, Ihre Anschrift habe ich." Wieder eine Pause, dann antwortet Frau Voßberg: „Ja, das wäre möglich. Geht es morgen um zehn?" Kurt wirft einen Blick in seinen Kalender. Um zehn hat er schon einen Termin, aber der lässt sich verschieben und das Gespräch mit der Frau Voßberg ist ihm wichtiger. Vielleicht hilft es uns ja weiter, denkt er hoffnungsvoll. „Ja, das ist o.k., Frau Voßberg, ich bin morgen um zehn Uhr bei Ihnen." „Ja gut, dann sehen wir uns morgen", verabschiedet sich Frau Voßberg und legt auf.

Nachdenklich nimmt sich Kurt noch einmal die Akte „Spreewald" vor.

KAPITEL 10
(JUNI 2013)

Ach ja, Kanada, da würde er gern einmal eine Rundreise unternehmen, aber das wird wohl ewig ein Traum bleiben. Harald hängt seinen Gedanken nach. Eine schöne Reportage, weite, tiefe Wälder, da gibt es wirklich noch echte Bären. Besonders die Passage mit dem Mountaineer durch die Rocky Mountains hatte es ihm angetan. Es muss wunderbar sein, mit solch einem Panoramazug einmal quer durch die Rockys zu fahren. Das Bier hat ihn schläfrig gemacht und so beschließt er, noch einmal eine kurze Runde mit Kira durch den Park zu gehen.

Nach einer knappen halben Stunde ist er wieder zurück. Kira mag nicht mehr so weit laufen. Unten im Park hat er noch den Nachbarn aus der fünften getroffen und sie haben eine Weile über die Kanadareportage geplaudert. Nun hört er sein Handy leise piepen. 80Susi33 hat gespielt. Bis zum Beginn des Fernsehprogrammes spielen sie zügig drei Spiele und immer gewinnt Harald mit knappem Vorsprung.

Die nächste Arbeitswoche ist für Harald stressig. Ein Kollege ist ausgefallen und der Disponent des Kurierunternehmens bat Harald doch eine Doppelschicht zu fahren. Da er noch immer knapp bei Kasse ist, sagte er bereitwillig zu. Nun fährt er die Morgentour, hat über Mittag ein paar Stunden frei und übernimmt dann nochmal die Spättour. Bei dem schönen Wetter ist das kein Problem und Zeit für den Hund bleibt immer noch. In den Praxen ist er inzwischen ein gern gesehener Gast, immer nett und hilfsbereit. Gern übernimmt er auch schon mal einen Auftrag der Helferinnen, der nicht zu seinen Dienstobliegenheiten gehört. Schwester Franka in der Praxis Dr. Jochmann bietet ihm auch heute wieder einen Kaffee an, weil die letzten Patienten noch auf die Blutentnahme warten. Dazu reicht sie ihm ein Stück Konfekt. Franka ist eine nette resolute Schwester, vielleicht etwas älter als er. Oft schon hat er für sie außerhalb des Programmes Briefe mit zur Post genommen oder ihre Wäsche in der Reinigung abgegeben. Es scheint, als hätte sie den Wunsch, ihn näher kennen zu lernen. Ob ich sie mal zum Kino einlade, fragt er sich im Stillen. Aber als er wieder im Auto sitzt, überkommt ihn eine seltsame Sehnsucht nach Susi. Was sie wohl macht, fragt er sich. Ich hab schon lange nichts mehr von ihr gehört. Ich müsste sie mal wieder zum Spiel auffordern, aber momentan geht das wohl nicht. Ich bin schon wieder zu spät dran. Immer bei Dr. Jochmann klappt das mit der Blutabnahme nicht und mein ganzer Plan kommt durcheinander. In der Mittagspause hat er endlich Zeit, mal auf sein iPhone zu schauen. Eine Nachricht ist auf dem Display: „80Susi33 fordert Dich zum Spiel auf." Ist das Gedankenübertragung?, denkt er und nimmt das Spiel an. Es werden aber nur zwei Runden und er spielt sehr unkonzentriert. Das Ergebnis der ersten beiden Runden ist dementsprechend auch miserabel, 5:3 für Susi. Nun muss er sich aber um sein Mittagessen kümmern und mit Kira raus. Den Rest wird er dann am Abend hoffentlich besser hinkriegen.

   Nach der Spätrunde setzt er sich gemütlich zum Abendessen, holt ein Bierchen aus dem Kühlschrank und greift zum Handy. Susi hat inzwischen schon Runde drei gespielt, noch verdeckt. Er schließt auf und ärgert sich, nur zwei richtige Antworten. „Comics" ist aber auch ein blödes Gebiet, davon hat er nun wirklich keine Ahnung. Susi dagegen hat alle drei Fragen richtig beantwortet, also steht es jetzt 8:5 für sie. Als das Spiel in der fünften Runde mit seinem Lieblingssachgebiet „Medizin" endet, hat er da zwar alle Fragen richtig beantwortet, aber im Gesamtergebnis hat Susi mit einem Spielstand von 12:11 knapp gewonnen. Sieh an, zum ersten Mal, denkt er. Nach dem Essen geht er noch einmal in Ruhe alle Fragen durch, sein Ehrgeiz hat ihn gepackt. Dabei entdeckt er zum ersten Mal in der oberen rechten Ecke des Spielfeldes eine kleine hellblaue Wolke, die er so noch nie wahrgenommen hat. Er tippt mit dem Finger darauf und plötzlich geht ein neues Kommunikationsfenster auf. Überrascht stellt er fest, dass man hier kleine, kurze Nachrichten senden kann. Allerdings nur maximal drei Zeilen, aber immerhin. Das muss ich doch gleich mal ausprobieren, Harald schreibt: „Kompliment! Dein erster Sieg, gratuliere", und hängt gleich noch drei lächelnde Smileys an.

KAPITEL 11
(MAI 2014)

Der Wagen rollt langsam durch die schmale Straße am Waldrand. Schmucke, pastellfarbene Reihenhäuser säumen den Weg. Es ist offensichtlich, dass dieses Viertel erst nach der Wende entstanden ist. Deutlich sichtbar das Schild mit der Hausnummer 53. Der Kommissar steigt aus und geht langsam und unschlüssig auf das Haus zu. Sein Kollege Paslack von der Vermisstenstelle hatte nur die Vermutung geäußert, dass die Vermisstenmeldung dieser Frau Voßberg etwas mit seiner Leiche im Spreewald zu tun haben könnte, eine vage Vermutung, aber Gaebler möchte jedem Verdacht nachgehen. Der Vorgarten ist, wie alles hier, sehr gepflegt, die Krokusse blühen in hellen Farben und eine kleine japanische Kirsche hat sich schon in zartes Rosa gekleidet. „Voßberg" steht auf dem Klingelschild und er drückt energisch auf den Knopf. Ein melodisches Läuten klingt von innen zu ihm heraus, ansonsten aber keine Reaktion. Er wartet ein paar Sekunden und drückt noch einmal, diesmal etwas länger. Über das Läuten hinweg hört er eine weibliche Stimme: „Ja! Ich komme gleich!" Schritte nähern sich, die Tür geht auf und Kurt Gaebler stockt der Atem. Nein, das ist keine Frau, die da vor ihm steht und ihn um mindestens einen Kopf überragt. Das ist eine Erscheinung. Lange schlanke, nicht enden wollende Beine stecken in engen, modischen Lederjeans, ein kasakartiges Oberteil mit langen Ärmeln und darüber ein schmales kantiges Gesicht. Zwischen den tiefer liegenden strahlend blauen Augen eine lange schmale Nase. Das Ganze überragt von einer Wucht hochgesteckter langer blonder Haare, von denen eine Strähne über die Stirn fällt. Noch immer hält er den Atem an, ihm fallen Bilder aus einem alten Buch seines Vaters ein, eine germanische Göttin. Fragend sieht sie ihn an. Endlich findet er die Fassung wieder: „Entschuldigung, ich bin Kommissar Gaebler aus Cottbus, wir hatten telefoniert." Er reicht ihr die Hand und lange schmale Finger umschließen sie mit einem sehr kräftigen Händedruck. „Ja, ich habe Sie schon erwartet, entschuldigen Sie, dass ich nicht gleich geöffnet habe, ich war im Garten. Kommen Sie doch herein." Sie schreitet auf dem langen Korridor vor ihm her und Kurt muss sich angesichts des schlanken muskulösen Rückens und dessen, was darunter sich bewegt, sehr zusammennehmen, um nicht auf abwegige Gedanken zu kommen, aber eine solche Frau hat er noch nicht gesehen. Trotz ihrer Grazie scheint sie sehr muskulös und durchtrainiert, bestimmt betreibt sie irgendeinen Sport. Frau Voßberg führt ihn durch die Küche hindurch auf die kleine sonnenbeschienene Terrasse, bietet ihm einen Stuhl an und fragt mit einer kräftigen und zugleich sehr fraulichen Stimme: „Darf ich Ihnen etwas zu trinken anbieten? Wie wär's mit frischem Apfelsaft? Den habe ich gerade aus der Mosterei geholt." „Ja, wenn es Ihnen keine Mühe macht, gern", antwortet er und während sie zurück in die Küche eilt, sieht er sich um. Das Grundstück hinter dem Haus ist nicht sehr groß, überwiegend mit kräftigem, sorgfältig gemähtem Rasen bedeckt, in der Mitte ein mit Blumen bepflanztes Rondell mit zwei gepflegten Rosenstöcken. Am Rande zwei sorgfältig beschnittene Obstbäume, vermutlich Apfelbäume, die schon die ersten Blüten treiben. Frau Voßberg kommt mit zwei Gläsern und einer Karaffe zurück, schenkt den Saft ein und lässt sich in ihren bequemen Gartensessel fallen. Sie knotet ihre langen Beine übereinander und sieht ihn fragend an: „Sie sagten am Telefon, Sie kämen wegen meiner Vermisstenanzeige, aber wenn ich Sie richtig verstanden habe, sind Sie nicht von der Vermisstenstelle." Ein zaghaft fragender Unterton schwingt in ihrer Bemerkung mit, die Spannung ihres Körpers lässt nach und sie sinkt ein wenig in sich zusammen. „Ja, Frau Voßberg das ist richtig, ich bin Leiter der Mordkommission in Cottbus und bearbeite gerade einen Fall, der nichts mit Ihrer Anzeige zu tun haben muss. Seit wann vermissen Sie denn Ihre Schwester?" Sie sinkt noch ein wenig tiefer und ihr strahlender Blick trübt sich. „Eigentlich habe ich meine Halbschwester gar nicht vermisst, wir hatten keinen so engen Kontakt mehr, aber unsere Mutter hat mich am Montag angerufen. Sie macht sich Sorgen, weil sie seit Freitag nichts mehr von Susi gehört hat." „Wo wohnt denn Ihre Mutter?", fragt Kurt nach. „Na in Jüterbog, da wo Susi auch wohnt, das habe ich doch Ihrem Kollegen alles schon erzählt", kommt es etwas gereizt zurück und der Oberkörper richtet sich wieder auf. „Entschuldigen Sie, Frau Voßberg, mein Kollege hat mich nur kurz informiert und ich bin mir auch gar nicht sicher, dass es einen Zusammenhang mit dem Verschwinden Ihrer Schwester und meinem Fall gibt. Erzählen Sie mir doch bitte noch einmal kurz, seit wann Sie beziehungsweise Ihre Mutter sie vermissen." Vorsichtig und mit zweifelndem Blick gießt Frau Voßberg noch einmal Saft nach. „Also, wie ich Ihnen schon sagte, Susi ist meine Halbschwester, meine Mutter hatte vor Ihrer Ehe einen anderen Mann kennen gelernt, meinen Erzeuger sozusagen. Aber unser Vater hat mich stets als seine eigene Tochter anerkannt. Mit der Ausbildung bin ich von zu Hause weggezogen. Susi blieb in Jüterbog und lernte dort einen Mann kennen, mit dem sie bis zu Ihrem schweren Unfall zusammenlebte." „Ein Unfall?", fragt der Kommissar nach. „Ja, das war, warten Sie mal, das war vor sechs Jahren. Meine Schwester und ihr Mann waren in Görlitz und haben dort Freunde besucht. Auf der Rückfahrt muss er wohl kurz eingeschlafen sein, jedenfalls streifte der Wagen einen Baum und überschlug sich. Ihrem Mann ist kaum etwas passiert, Susi aber wurde schwer verletzt, musste mehrmals operiert werden und war lange Zeit zur Reha. Die Polizei erklärte später, dass Alkohol im Spiel war, man sprach von 1,3 Promille, obwohl er ihr versprochen hatte, nicht mehr zu trinken, denn damit hatte er lange ein Problem. Nach dem Unfall trennte sie sich von ihm und zog sich völlig zurück. Lediglich für unsere Mutter war sie immer da, wir selbst hatten kaum noch Kontakt." Der Kommissar überlegt kurz, dann fällt ihm der Bericht der Gerichtsmedizin ein: „Hat Ihre Schwester irgendwelche bleibenden Schäden von dem Unfall zurückbehalten?" „Ja, das linke Bein ist etwas verkürzt, das heißt, sie hinkt ein wenig und ansonsten sind viele Narben, auch im Gesicht zurückgeblieben." Nun ist sich Gaebler ziemlich sicher, dass es sich bei der Leiche in seinem Fall um die Schwester von Frau Voßberg handelt. Bedächtig greift er in die Tasche und tastet nach dem Foto: „Frau Voßberg, wir haben bei der Toten in unserem Fall leider keinerlei Papiere gefunden, nur einen Hausschlüssel, den wir nicht zuordnen können. Würden Sie sich bitte mal dieses Foto anschauen?" Vorsichtig reicht er ihr das Foto. Die Pathologen hatten sich große Mühe gegeben, das Gesicht der Leiche so herzurichten, dass sie aussah, als schliefe sie friedlich, die Narbe auf der Stirn jedoch war deutlich zu erkennen. Daniela Voßberg nimmt das Foto auf, dreht es um und alle Farbe entweicht aus ihrem Gesicht. Das so markante Antlitz der Frau wird aschfahl, sie gräbt ihre Fingernägel in das Foto, so dass er schon befürchtet, sie würde es zerreißen. Dann lässt sie es fallen, nimmt die Hände vor das Gesicht und verfällt in ein krampfhaftes Schluchzen, ihr ganzer durchtrainierter Körper schüttelt sich. Kurt steht auf, fasst sie an der Schulter und versucht sie zu beruhigen. „Frau Voßberg, es tut mir leid, mein aufrichtiges Beileid." So schnell, wie der Gefühlsausbruch begann, beruhigt sie sich auch wieder, nimmt die Hände vom Gesicht, das nun durch mit von Tränen vermischter Wimperntusche völlig anders aussieht, legt das Foto wortlos auf den Tisch, schaut Gaebler lange an: „Ja, das ist Susi, meine Schwester", und erhebt sich langsam: „Entschuldigen Sie mich kurz, ich bin gleich wieder da." Sie verschwindet in der Küche und kommt nach wenigen Minuten wieder zurück. Alle Spuren in ihrem Gesicht sind beseitigt, aber der strahlende Blick ihrer Augen ist verschwunden und sie wirkt auf einmal tieftraurig und älter. Sie setzt sich, nimmt einen Schluck Saft. „Was ist mit ihr passiert? Wer hat ihr das angetan?" Der Kommissar ist froh, dass das Gespräch wieder eine normale Wendung nimmt, denn mit solchen Gefühlsausbrüchen konnte er noch nie so richtig umgehen. „Frau Voßberg, wir wissen leider noch nicht so viel und aus ermittlungstaktischen Gründen darf ich Ihnen auch nicht alles sagen. Können Sie sich vorstellen, was Ihre Schwester im Spreewald wollte?" „Wieso Spreewald?", fragt sie entsetzt. „Da kennen wir doch niemanden." „Wir wissen es auch noch nicht, aber ein Spaziergänger hat sie dort gefunden." Zaghaft und sehr leise kommt ihre Frage: „Wurde sie, wurde sie vergewaltigt?" „Frau Voßberg, wie ich schon sagte, wir wissen noch nicht alles, aber erstem Anschein nach sieht es nicht danach aus." „Was um Gottes willen hat sie denn da nur gemacht?", fragt Daniela Voßberg nun schon mit kräftigerer Stimme. „Sie lebte doch die letzte Zeit so zurückgezogen und außer unserer Mutter und ihrer Arbeit hatte sie kaum noch Kontakte." „Frau Voßberg, können Sie mir bitte die Wohnanschrift Ihrer Schwester geben? Ich denke, dass der Schlüssel, den wir bei ihr gefunden haben, zu ihrer Wohnung gehört", nimmt Gaebler das Gespräch wieder auf und holt sein kleines Notizbuch aus der Tasche. „Ja, Susi wohnt, wohnte in Jüterbog in der Haydnstraße 32, das ist in der Nähe vom Schlosspark, unsere Mutter wohnt gleich um die Ecke in der Richard-Wagner-Straße 47." „Danke, nach der Anschrift Ihrer Mutter wollte ich Sie auch gerade fragen." Er steckt das Heft weg und steht langsam auf. „Frau Voßberg, Sie haben mir sehr geholfen, nochmals mein aufrichtiges Beileid, ich muss mich jetzt leider verabschieden." „Warten Sie, ich begleite Sie noch nach draußen." Daniela steht ebenfalls auf und schreitet nun schon wieder mit straffer Körperhaltung voran zur Haustür. „Ach, eine Bitte noch, Frau Voßberg, würden Sie bitte Ihre Mutter noch nicht anrufen? Ich möchte ihr die traurige Nachricht gern selbst überbringen." „Ja, das ist in Ordnung, sie wird sich dann ja ohnehin bei mir melden, herzlichen Dank, Herr Kommissar." Sie öffnet die Tür und reicht ihm die Hand, ihr Händedruck ist nun schon wieder fest wie bei der Begrüßung und er kann sich eine letzte Frage nicht verkneifen. „Entschuldigen Sie, Frau Voßberg, aber darf ich Ihnen bitte noch eine ganz persönliche Frage stellen?" „Ja bitte, was wollen Sie wissen?" Fast schon kommt es ihm nun doch etwas dämlich vor, aber da er damit angefangen hat, muss es nun raus: „Sie wirken so sportlich durchtrainiert, treiben Sie irgendeine Sportart?" Nun huschte doch noch ein Lächeln über ihr Gesicht. „Ja, ich betreibe schon seit Jahren Kung-Fu als Kampfsport." Nachdenklich sieht sie ihn an. „Vielleicht hätte Susi das auch tun sollen, dann wäre sie noch am Leben." Kurt nickt und geht langsam zum Wagen. Er startet und fährt behutsam an, ein letzter Blick zur Tür, Daniela Voßberg winkt ihm noch einmal zu. Was für eine beeindruckende Frau, denkt er und erreicht das Ende der Straße, die plötzlich in einen für Fahrzeuge gesperrten Waldweg übergeht. Da erst fällt ihm das Schild „Sackgasse" am Anfang der Straße wieder ein und er muss wenden.

KAPITEL 12
(SEPTEMBER 2013)

Bäume und Sträucher haben schon ihr buntes Herbstkleid angelegt, der Sommer wird müde und möchte seinen Platz dem Herbst überlassen. Susi sitzt in ihrem Büro, ein warmer Sonnenstrahl kitzelt ihre Nase. Es ist ruhig um die Mittagszeit, auch das Telefon scheint Mittagsruhe zu halten. Während sie mechanisch ein paar Lieferscheine sortiert und abheftet, zieht noch einmal der Sommer an ihr vorbei. Ein trauriger Sommer. Die magische Dreißig, vor der sich alle Frauen fürchten, liegt hinter ihr. In wenigen Tagen wird sie dreiunddreißig sein. Susi schließt die Augen, sie fühlt sich einsam und verlassen. Nach der Trennung von Matthias war das Thema Mann erst einmal für sie erledigt. Sie hatte ja noch immer ihre beste Freundin Carola und das reichte ihr. Außerdem muss sie sich ja um ihre kranke Mutter kümmern. Und dennoch, wenn sie an den heißen Tagen wie in diesem nun zu Ende gehenden Sommer im Schwimmbad war, spürte sie hin und wieder die Blicke der Männer auf sich ruhen und ein eigenartiges Kribbeln überkam sie. Wenn dann aber wirklich einmal ein Mann sie ansprach und sie sich mit ihm unterhielt, merkte sie schnell, wie seine Blicke die Narbe auf der Stirn fixierten, wie er die Narben an ihrem Körper, die der Badeanzug nicht verdecken konnte, zur Kenntnis nahm. Wenn er dann auch noch mitbekam, dass sie das linke Bein etwas nachzog, waren die Gespräche meist schnell mit irgendeiner peinlichen Bemerkung beendet. Dann hatte ihr Caro im Frühjahr das Spiel aufgeschwatzt und seitdem spielte sie noch immer mit diesem MOHAKI. Nachdem er ihr zu ihrem ersten Sieg gratuliert hatte, entdeckte auch sie das Kommunikationsfeld und es entwickelte sich ein langsam immer persönlicher werdender Dialog. Als er sie eines Tages fragte: *„Darf ich Dich in meine Freundesliste aufnehmen?"*, antwortete sie ganz spontan: *„Na klar doch!"* Mit jeder Nachricht, die meist mit einem freundlichen Smiley beendet wurde, fühlte sie sich diesem Mann näher. Inzwischen wusste sie, dass es ein Mann war.

Das Telefon reißt sie aus ihren Gedanken. Als sie abhebt, meldet sich Ansgar, ein kalter Schauer läuft ihr über den Rücken. Ansgar ruft sonst nie hier im Büro an, etwas musste geschehen sein, sie ahnt es. Sehr ruhig klingt Ansgars Stimme, als er sich meldet: „Hallo, Susi, ich bin's, du ahnst sicher schon, was ich dir sagen muss? Die Klinik hat mich heut Morgen angerufen, Caro ist in der letzten Nacht eingeschlafen." Kreidebleich sitzt Susi am Tisch, die Hand mit dem Telefonhörer zittert. „Oh Gott, so schnell, das tut mir leid, Ansgar", stammelt sie verwirrt. „Ja, Susi", klingt Ansgars ruhige Stimme, „wir haben es doch nach unserem letzten Besuch bei ihr voraussehen müssen, aber du hast recht, es kommt immer zu früh. Ich wollte es dir persönlich mitteilen, außerdem hat mir die Klinik angeboten, dass ich mich noch einmal von Caro verabschieden kann. Möchtest du nicht mitkommen? Ich glaube, allein schaffe ich das nicht." Noch immer kann Susi keinen klaren Gedanken fassen, langsam, ganz langsam wird ihr klar, dass Caro so etwas wie der Anker in ihrem Leben war. Als Ansgar zögernd fragt: „Susi, bist du noch da?", holt die Realität sie wieder ein. „Ja, ich kann es nur noch immer nicht fassen. Meinst du wirklich, dass ich mitkommen soll?" „Ja, Susi, ich möchte, dass du dabei bist, ihr wart doch schon so lange zusammen. Du warst Carolas beste Freundin, sie hat immer von dir geschwärmt." Susi spürt einen leichten Stich in der Brust, sollte Caro wirklich auch so gefühlt haben wie sie? „Ja, da hast du recht, danke, dass du mich mitnehmen möchtest. Wann willst du denn fahren?" „Ich würde dich so gegen vierzehn Uhr zu Hause abholen, geht das?" Susi überlegt kurz: „Ja, ich denke, das krieg ich hin, bis dann." Noch immer Carolas Gesicht vor Augen, legt sie den Hörer auf und die in der Sonne leuchtenden rotgelben Blätter des Ahorns vor ihrem Büro ertrinken in ihren Tränen.

In der Klinik angekommen, empfängt sie der Stationsarzt in seinem Dienstzimmer. Er spricht Ansgar sein Beileid aus und schaut Susi fragend an. „Sind Sie eine Angehörige?" „Nein, ich bin ihre beste Freundin", antwortet Susi leise. „Ist schon in Ordnung", schaltet sich Ansgar ein, „ich habe Frau Kaltner gebeten, mich zu begleiten." Der Arzt spricht auch

Susi sein Beileid aus und führt die beiden zum Raum der Stille. Vor der Tür spricht er Ansgar noch einmal leise an: „Kommen Sie doch bitte anschließend in mein Büro." Er öffnet die Tür und zieht sich diskret zurück. Susi und Ansgar betreten zögernd den Raum. Ein schöner heller Raum, durch das große bleiverglaste farbige Fenster fällt das warme Licht der Nachmittagssonne auf die gegenüberliegende Wand. Dort steht ein heller Eichentisch, über dem ein großes Kreuz hängt. Ein bunter Blumenstrauß wird an beiden Seiten durch Leuchter mit brennenden Kerzen umrahmt und an der rechten Seite steht ein achtarmiger Leuchter aus Metall, dessen Kerzen im leichten Windhauch flackern. Davor auf einer Bahre liegt Carola mit einem hellen ockerfarbenen Tuch bedeckt, die Hände übereinandergelegt, eine gelbe Rose haltend. Friedlich liegt sie da, die Augen geschlossen, das bleiche Gesicht etwas eingefallen, als ob sie nur einmal kurz eingeschlafen wäre. Unter dem bunten Fenster steht eine helle Eichenbank, auf der Ansgar und Susi jetzt Platz nehmen. Susi hat die Hände gefaltet und die langen Jahre ihrer Freundschaft mit Carola laufen wie in einem Film in ihrem Kopf ab. Eine tiefe wohltuende Ruhe überkommt sie und erst als nach langen Minuten Ansgar leise aufsteht und aus dem Raum geht, findet sie wieder zurück. Sie steht auf, tritt vor die Bahre, schaut lange in Caros blasses Angesicht und mit einem leisen „Mach's gut, Caro" verlässt auch sie diesen stillen Ort.

Zu Hause angekommen, brüht sich Susi einen Tee und holt das Fotoalbum aus dem Schrank. Während sie in kleinen Schlucken ihren Tee trinkt, blättert sie durch die Seiten ihres Lebens mit Carola. Die vielen Bilder, angefangen von der Schulabschlussfeier, den Radtouren ins nahegelegene Kloster, die Aufnahmen von den sommerlichen Spaziergängen und den Partys in diversen Gärten, das alles stimmt sie unendlich traurig. Lange hält sie das warme Teeglas in den Händen, als ob sie damit Carola festhalten könnte. Es ist leer in ihr, etwas Wichtiges, ja vielleicht das Wichtigste in ihrem Leben ist ihr genommen worden. Jetzt hat sie nur noch ihre kranke Mutter, mit der sie mal reden kann und – sie zögert – da ist noch dieser MOHAKI. Sie kramt das iPhone aus der Tasche. Ja, sie sind noch mitten im Spiel, sie muss die nächste Runde spielen. Aber in der langen Zeit, die sie nun schon mit MOHAKI spielt, ist das Spiel an sich in den Hintergrund getreten. Zuerst kommt die Kommunikation. Sie fühlt sich ihm so nahe wie nie zuvor. Was immer sie schreibt, er antwortet, mal lustig, mal ernst, manchmal auch mit etwas Ironie. Aber immer hat sie das Gefühl, er versteht sie und nimmt sie ernst. Manchmal, wenn sie nicht einschlafen kann, sieht sie ihn vor sich, groß, kräftig mit dunklen Augen und einer tiefen Stimme. Dann macht sich so etwas wie Sehnsucht und Verlangen in ihr breit. Obwohl ihr bewusst ist, dass das alles nur virtuell ist, glaubt sie, diesen Mann schon sehr gut zu kennen, obwohl sie kaum etwas von ihm weiß. Sie haben in der Vergangenheit schon viel miteinander gechattet, aber bei den persönlichen Fragen hält er sich bedeckt. Er hat mal geäußert, er wohne in einer Stadt an der Spree und arbeite in einem Kraftwerk. Danach hat sie lange die Landkarte studiert und glaubt den Ort gefunden zu haben. Auch zu seinem Alter hat er sich nur vage geäußert: *„Mittelalter, gut erhalten"*, was immer das heißen soll. Sie nimmt das iPhone und schreibt: *„Heute ist meine beste Freundin gestorben."* Das Smiley lässt sie weg. Dann spielt sie die nächste Runde und noch bevor sie das Handy weglegt, piepst es und die Antwort kommt prompt: *„Das ist ja traurig, ich würde Dich gerne trösten."* Susi seufzt, ach ja, das wäre doch gut, wenn er jetzt hier neben mir sitzen würde. Dann schaltet sie den Fernseher an, quält sich noch eine Weile durch das Programm und geht zu Bett. Irgendwann nach Mitternacht wird sie wach und ist völlig verwirrt, sie hat von ihm geträumt, plötzlich stand er vor ihr, nahm sie in den Arm und strich ihr übers Haar.

KAPITEL 13
(MAI 2014)

Endlich hat Kurt wieder die Bundesstraße erreicht und verlässt die Stadt in südlicher Richtung. Mittendrin staut sich der Verkehr an einem Bahnübergang. Kurt ist in Gedanken noch bei dem Gespräch mit Frau Voßberg und überdenkt sein weiteres Vorgehen. Es wäre wichtig, noch heute die Mutter zu besuchen, wer weiß, wie lange sich Frau Voßberg an das Versprechen hält, diese nicht anzurufen. Zu diesem Besuch würde er jedoch gern die Psychologin dabeihaben. Er schaut auf die Uhr, kurz nach zwölf. Während sich die Warteschlange langsam in Bewegung setzt, überlegt er sich seine Fahrtroute. Er könnte die Landstraße über Beeskow nehmen, landschaftlich sicher schöner und von der Zeit her wahrscheinlich gleich. Als er aber kurz vor der Autobahnauffahrt ist, entscheidet er sich doch für die A 12, hier ist er sicher etwas zügiger unterwegs und außerdem kann er an der nächsten Raststätte schnell etwas zu sich nehmen, denn nun macht sich auch sein Magen bemerkbar. Auf der Autobahn wählt er die Nummer von Frau Dr. Unruh und schon nach dem zweiten Klingelton hört er ihre Stimme: „Ja, hier Sabrina Unruh!" „Gaebler hier, Sabrina, ich komme gerade von der Dame, die die Vermisstenmeldung aufgegeben hat. Bei unserer Toten handelt es sich offensichtlich um deren Halbschwester Susanne Kaltner aus Jüterbog. Deren Mutter wohnt ebenfalls in Jüterbog und sie weiß noch nicht, was mit ihrer Tochter geschehen ist. Ich habe die Schwester gebeten, die Mutter noch nicht anzurufen, weil ich erst mit ihr sprechen möchte. Ich würde Sie gern dabeihaben. Wäre das heute noch möglich?" Nach kurzem Zögern meldet sich Sabrina wieder: „Ja, sicher, ich fände das sehr gut, wenn ich dabei sein kann. Wann wollen Sie denn fahren, und wo sind Sie jetzt?" „Ich bin noch auf der Autobahn, ich denke so gegen vierzehn Uhr könnte ich im Kommissariat sein. Wenn wir dann gleich weiterfahren können, wären wir gegen fünfzehn Uhr dreißig in Jüterbog. Geht das bei Ihnen?" „Ja, das ist in Ordnung, ich halte mich dann für vierzehn Uhr bereit, rufen Sie kurz durch", kommt die schnelle Antwort. Endlich leuchtet ihm das große blaue Schild mit dem Hinweis auf die Raststätte entgegen und Kurt setzt den Blinker. Gut gestärkt, mit einem Kaffee im Bauch parkt er fast pünktlich vor dem Kommissariat. Vorher hat er noch kurz bei Frau Kaltner angerufen und sein Kommen angekündigt. Sie war etwas erschrocken und überrascht, offensichtlich hatte Frau Voßberg sie doch noch nicht informiert. Sabrina Unruh erwartet ihn schon unten in der Anmeldung. Während sie sich den Weg zur Autobahn bahnen, berichtet Kurt ausführlich von seinem Gespräch mit Frau Voßberg. Als sie in Jüterbog das Stadttor mit der Keule passieren, müssen sie eine Weile suchen, bevor sie die Richard-Wagner-Straße finden. Kurt parkt vor dem dreistöckigen Plattenbau und sucht unter den vier Eingängen die 43c. Endlich findet er unter den vergilbten Klingelschildern den Namen Kaltner. Er muss nur einmal klingeln und schon tönt der Summer und sie können eintreten. Offensichtlich hat Frau Kaltner sie schon erwartet. Während sie durch den scheinbar erst kürzlich frisch gestrichenen Treppenflur über die Terrazzostufen der Vergangenheit nach oben steigen, hören sie schon, wie im dritten Stock die Tür geöffnet wird, und eine kleine zierliche Dame mit weißem Haar erwartet sie. Nachdem Kurt Frau Dr. Unruh und sich vorgestellt hat, bittet sie Frau Kaltner in die Wohnung. Alles ist gemütlich und warm, aber etwas plüschig eingerichtet. Im Wohnzimmer stehen schon zwei Kaffeegedecke auf dem Couchtisch. Etwas unsicher entschuldigt sich Frau Kaltner: „Entschuldigen Sie, ich hatte nur mit Ihnen, Herr Kommissar, gerechnet." Im Hinausgehen fügt sie noch hinzu: „Einen kleinen Moment bitte, ich hole noch ein Gedeck nach", und verschwindet in der Küche. Mit einem Tablett in der Hand erscheint sie wieder, stellt das dritte Gedeck, die Kaffeekanne und eine Schale mit Gebäck auf den Tisch, dann sinkt sie in einen großen Plüschsessel, in dem ihre zarte Figur fast verschwindet. Leise kommt ihre Frage. „Was führt Sie zu mir, Herr Kommissar? Sie sprachen am Telefon von meiner Tochter, ist Susi etwas passiert?" Während Frau Kaltner unsicher die Kaffeetassen füllt, blickt der Kommissar verlegen zu Sabrina Unruh, die versteht seinen Blick, beugt sich zu Frau Kaltner und legt beruhigend die Hand auf ihren Arm: „Frau Kaltner, Ihre Tochter Daniela hat uns informiert, dass Sie Susanne vermissen." „Ja, das stimmt, ich habe seit letztem Freitag nichts mehr von ihr gehört, haben Sie Susanne denn gefunden?", kommt es zaghaft aus dem Sessel. Noch immer ruht Sabrinas Hand auf ihrem Arm: „Frau Kaltner, wir haben eine traurige Nachricht für Sie, ja, wir haben Susanne gefunden. Leider lebt sie nicht mehr." Langes Schweigen, dann bricht ein Schwall von Tränen und heftiges Schluchzen aus der alten Dame heraus. Sabrina angelt ein Taschentuch aus ihrer Tasche und reicht es Frau Kaltner. Mühsam trocknet diese ihre Tränen, lehnt sich zurück in den großen Sessel, der sie wie eine Burg zu beschützen scheint. Nachdem sie sich etwas gefasst hat, schaut sie den Kommissar an: „Und wo haben sie Susi gefunden?" Kurt Gaebler setzt seine Tasse ab, aus der er gerade getrunken hatte, und beginnt etwas stockend: „Frau Kaltner, ein Spaziergänger beziehungsweise sein Hund hat Ihre Tochter am Montagmorgen in einem Park im Spreewald tot aufgefunden." Er blickt die alte Dame an, die ihn mit noch immer tränenverschleierten Augen ansieht: „Um Gottes willen, was hatte sie denn im Spreewald zu suchen?" „Wir wissen es noch nicht, Frau Kaltner. Hat sie Ihnen denn nichts erzählt?" Frau Kaltner zerknüllt das Taschentuch in ihren Fingern, schaut zu Sabrina, als ob diese ihr helfen könnte, und fährt leise fort: „Susi war am Freitagabend noch einmal bei mir und sie wirkte so verändert. Sie sagte, sie würde am Sonntag mal kurz verreisen. Erst wollte sie mir ja gar nichts weiter sagen, aber dann erzählte sie etwas von einem Mann, den sie treffen wolle, und sie klang so aufgeregt und hoffnungsvoll und dann war sie auch schon wieder weg." Der Kommissar hebt kurz die Brauen, als er von einem Mann hört, und fragt vorsichtig nach: „Frau Kaltner, können Sie uns etwas mehr von Ihrer Tochter erzählen, das würde uns bei der Klärung des Falles sicher weiterhelfen. Was war das für ein Mann?" Die alte Dame greift zum ersten Mal nach ihrer Tasse, nimmt einen kleinen Schluck und richtet sich in ihrem Sessel auf: „Ich weiß es nicht, ich hab an dem Abend zum ersten Mal von dem Treffen gehört und ich hab Susi doch gewarnt sich mit jemandem einzulassen, den sie gar nicht kennt, aber sie hat mir gar nicht zugehört", klang es jetzt vorwurfsvoll aus ihrem Mund. Sabrina Unruh nimmt das Gespräch auf: „Frau Kaltner, erzählen Sie uns bitte ruhig alles über Susanne, wir haben Zeit." Frau Kaltner nimmt einen Schluck Kaffee, atmet tief durch und beginnt: „Das wird aber eine längere Geschichte." Kurt lächelt ihr vorsichtig zu. „Das macht nichts, wie Frau Dr. Unruh schon sagte, wir haben Zeit mitgebracht." Etwas düpiert über die Unterbrechung fährt die alte Dame fort: „Sehen Sie, Sabrina war das einzige Kind unserer Ehe. Daniela hatte ich ja vorher schon bekommen. Mein Mann hat aber die beiden Mädels immer wie seine eigenen behandelt. Dennoch war Susi, die jüngere, immer unser Sonnenschein. Daniela hat gleich nach ihrer Ausbildung geheiratet und ist nach Fürstenwalde gezogen. Susi aber blieb noch bis zu ihrer Hochzeit bei uns." Vorsichtig unterbricht Sabrina: „Ach, Ihre Tochter Susanne war verheiratet?" Frau Kaltner blickt sie ernst an: „Ja, sie hat sehr früh ihren Matthias geheiratet. Aber das lief von Anfang an nicht so gut." „Weshalb?", fragt Sabrina nach. „Ach, wissen Sie, der Matthias kam aus einem gestörten Elternhaus, er hat die Susi, glaub ich, sehr geliebt, aber auch den Alkohol. Immer wieder gab es deswegen Streit und er versprach jedes Mal mit dem Trinken aufzuhören. Danach ging es eine Weile gut, bis er wieder anfing. Dann hatten sie den schweren Unfall und Susi wäre fast gestorben." Kurt nimmt das Gespräch auf: „Von dem Unfall hat uns Ihre ältere Tochter erzählt, wissen Sie Näheres darüber?" Frau Kaltner schaut einen Moment aus dem Fenster, wie um sich zu besinnen, bevor sie fortfährt: „Ja, sie waren bei Freunden von Matthias in Guben eingeladen und haben wohl sehr lange gefeiert. Als sie am nächsten Morgen zurückfuhren, muss Matthias wohl eingeschlafen sein, jedenfalls streifte das Auto einen Baum und überschlug sich. Matthias ist kaum etwas passiert, aber Susi wurde schwer verletzt. Man hat sie mit einem Hubschrauber in die Unfallklinik nach Berlin fliegen müssen. Dort wurde sie mehrmals operiert und danach war sie noch fast ein halbes Jahr im Erzgebirge in einer Rehaklinik." „Was ist mit Susannes Mann geschehen?", will Sabrina wissen. „Dem ist ja kaum etwas passiert, ein paar kleine Kratzer, aber die Polizei hat festgestellt, dass er noch Restalkohol im Blut hatte, und sie haben ihm den Führerschein weggenommen. Später hat ihn das Gericht wegen Alkohol am Steuer, Verkehrsgefährdung und fahrlässiger Körperverletzung zu einem Jahr auf Bewährung verurteilt. Wollen Sie nachlesen, ich hab den Zeitungsausschnitt noch." Frau Kaltner erhebt sich und will zur Schrankwand gehen. „Nein danke, lassen Sie mal", unterbricht sie Kurt, „erzählen Sie weiter, was wurde mit Susi?" „Ach ja, Susi, die hat sich noch während der Reha von ihm getrennt und sich scheiden lassen. Später hat sie mir erzählt, dass sie sich schon am Abend wegen der Sauferei gestritten hatten. Am Morgen wollte sie ihn nicht fahren lassen und hat ihm den Autoschlüssel weggenommen. Dabei hat er sie zum ersten Mal geschlagen und dann sind sie doch gefahren. Danach wollte Susi nie mehr etwas mit Männern zu tun haben. Sie verkehrte nur noch mit ihrer Freundin Carola, die ihr in dieser Zeit sehr geholfen hat." Frau Kaltner macht eine Pause, schaut wie abwesend auf den Tisch und fährt fort: „Ach ja, die arme Carola, die ist im vergangenen Jahr am Krebs gestorben. Seitdem hatte Susi nur noch mich." Wieder schaut sie nachdenklich in die Abendsonne, die durch das Wohnzimmerfenster blinzelt. „Wie ging es dann weiter?", mischt sich Sabrina ein. „Nach der Scheidung ist Susi erst einmal wieder zu uns gezogen. Erst als mein Mann vor drei Jahren starb und ich das Haus verkaufen musste, hat sie sich eine eigene kleine Wohnung gleich hier um die Ecke gesucht. Seitdem hat sie sich immer um mich gekümmert." Tränen schießen der alten Dame in die Augen, als sie ihre Situation begreift. „Mein Gott, was wird denn jetzt aus mir, abends kommt zwar die Schwester und spritzt mir meine Medikamente, das hat Susi noch organisiert. Aber wer kümmert sich denn nun um mich?" „Frau Kaltner, erzählen Sie uns noch etwas von dem Mann, mit dem sich Ihre Tochter treffen wollte", holt Kurt sie wieder zurück. „Viel weiß ich ja nicht. Kurz bevor die arme Carola starb, hat sie der Susi noch so ein Spiel gezeigt, wo man über das Handy mit den unterschiedlichsten Leuten ein Ratespiel spielen kann. Irgendwann hat

Susi dann nur noch mit einem Mann gespielt. Dabei kann man dann auch Informationen austauchen, chatten heißt das, hat Susi gesagt. Seitdem haben sie immer wieder miteinander gechattet und Susi war ganz begeistert, weil er angeblich so schlau war und ihr so nette Sachen geschrieben hat. Ich hab sie immer vor so etwas gewarnt. Was soll denn das bringen, Menschen, die man gar nicht kennt, seine ganzen persönlichen Dinge zu erzählen? Aber Susi ließ da nicht mehr mit sich reden. Vor allem nach Carolas Tod gab es für sie nur noch diesen Mann." „Wie hieß denn dieser Mann, wo wohnte er?", hakt Kurt nach. „Das weiß ich nicht. Die haben, glaube ich, nicht einmal ihre richtigen Namen genannt, sondern hatten so komische Codes. Susi hat mir mal erzählt, dass sie sich 80Susi33 nennt." „Und der Mann?", möchte Kurt wissen. „Das weiß ich nicht, Susi hat mir was von einem Mohikaner erzählt, aber mehr weiß ich wirklich nicht." Erschöpft versinkt Frau Kaltner wieder in ihrem Sessel. Kurt erhebt sich, gibt Sabrina ein Zeichen und bedankt sich: „Danke, Frau Kaltner, dass Sie sich so viel Zeit genommen haben, danke auch für den Kaffee." Er reicht ihr die Hand: „Bleiben Sie ruhig sitzen, wir finden schon heraus." In der Tür dreht er sich noch einmal um: „Frau Kaltner, wir haben bei Ihrer Tochter einen Wohnungsschlüssel gefunden. Dürfen wir uns in der Wohnung einmal umsehen, die Adresse haben wir ja." Frau Kaltner erhebt sich nun doch und geleitet sie zu Tür. „Ja, selbstverständlich, wenn Sie den Schlüssel nicht mehr benötigen, werfen Sie ihn einfach in den Briefkasten. Ich habe auch einen Schlüssel und muss dann ja morgen wohl ohnehin mal rüber und nach dem Rechten sehen." Damit reicht sie beiden noch einmal die Hand und öffnet die Wohnungstür.

Unten vor dem Haus angekommen, schaut sich Kurt Gaebler kurz um: „Kommen Sie, wenn wir hier rechts langgehen und die zweite Querstraße nehmen, sollten wir schon da sein, das Stück können wir auch zu Fuß laufen." Er blickt Sabrina Unruh an: „Sie haben doch den Wohnungsschlüssel aus der Asservatenkammer geholt?" „Aber Sie haben mich doch extra darum gebeten", kommt es ein wenig beleidigt zurück. „Natürlich habe ich ihn." Nach wenigen Minuten erreichen sie das Zweifamilienhaus, in dem sich die von Susanne Kaltner gemietete Einliegerwohnung befindet. Die Luft ist abgestanden und Sabrina öffnet erst einmal das Küchenfenster. Eine ordentlich aufgeräumte Wohnung empfängt sie. In der hellen Küche steht noch der letzte Abwasch auf dem Abtropfbrett und der Kühlschrank ist gut gefüllt. Nichts deutet auf eine längere Abwesenheit hin. Im Wohnzimmer nimmt ein heller Teppich fast den gesamten Fußboden ein. Gegenüber der Sitzgruppe steht ein Vertiko mit dem Fernseher darauf und vielen DVDs in der Ablage. Schräg über Eck gestellt, ein hübscher kleiner Sekretär mit Schreibplatte und daneben an der Wand ein großer Schrank. Alle Möbel aus Kirschholz sehen sehr gut erhalten aus und scheinen regelmäßig poliert zu sein. Der Mittelteil des Schrankes hat im oberen Bereich eine große Glastür, hinter der eine Reihe Gläser aller Art stehen. Darunter finden sie ein Goldrandservice mit dem passenden Silberbesteck. Die Seitenteile des Schrankes sind als Regale ausgeführt und zu beiden Seiten mit Büchern gefüllt. Kurt, der selbst eine große Bibliothek zu Hause hat, verschafft sich interessiert einen Überblick. Neben Biographien von Wissenschaftlern und Politikern entdeckt er viele Werke über Natur einschließlich diverser Bildbände. Auf der anderen Seite findet er einige Romane, die er aus den regelmäßigen Bestsellerlisten der einschlägigen Presse kennt. In den untersten Reihen dann mehrere Fachbücher über die Ökonomie des Handels. Ansonsten offenbart sich ihnen nichts Aufregendes, bis Sabrina die Ablage unter dem niedrigen Couchtisch entdeckt. Drei große Rätselbücher bedecken einen kleinen Laptop. Sabrina öffnet ihn und versucht Zugang zu finden, aber er ist passwortgeschützt. Ihr spontaner Einfall, es einmal mit „80Susi33" zu versuchen, misslingt. Ein kurzer Blick zu Kurt Gaebler, der nickt und Sabrina steckt ihn in ihre Tasche. Sie werden später versuchen, mit Hilfe der Kriminaltechnik Zugang zu finden. Sabrina schließt das Fenster, wobei ihr Blick auf eine Reihe von Blumentöpfen fällt, die das Fensterbrett schmücken. Jetzt lassen die Blumen alle die Köpfe hängen. Fast ist sie geneigt nach der Gießkanne zu suchen, aber Kurt, der ihre Absicht erkannt hat, meldet sich von der Tür: „Kommen Sie mal. Frau

Kaltner macht das morgen schon, wir müssen los, es ist schon ziemlich spät." Unten werfen sie das Schlüsselbund in den Briefkasten und laufen in der schon tief stehenden Abendsonne zurück zum Auto. Während sie das Stadttor passieren, dreht Sabrina sich noch einmal um: „Wissen Sie, was die Keule da am Tor zu bedeuten hat und was auf dem Schild steht?" Kurt lächelt: „Da haben Sie aber Glück, in meiner Jugend, also gefühlte hundert Jahre her, hatte ich mal eine Freundin hier. Daher kenne ich die Stadt ein wenig." Sabrina schmunzelt: „Hatten Sie viele Freundinnen in Ihrer Jugend?" „Kein Kommentar!", kommt als Antwort. „Aber ich kann Ihnen was über die Keule erzählen. Eigentlich ist nichts dazu belegt, aber es wird von einem reichen Kaufmann berichtet, der sein Vermögen schon zu Lebzeiten seinen drei Söhnen übergeben hat, mit der Maßgabe, dass sie sich im Alter um ihn kümmern sollten. Die Söhne aber verjubelten das Geld und als der Mann alt wurde, stand der alte Herr ganz allein da, keiner der Söhne sorgte sich um den Vater. Als er starb, fanden die Söhne in dem Haus eine große schwere Kiste und waren schon voller Hoffnung auf noch mehr Geld. Als die Kiste geöffnet wurde, war sie voll mit Steinen, darunter fand man die Keule und eine Holztafel, dazu die schriftliche Anweisung, dass man beides am Stadttor aufhängen solle. Nun hängen sie an allen Stadttoren." „Was Sie so alles wissen", staunt Sabrina. „Und was steht nun auf der Tafel?" Inzwischen haben sie die Stadt verlassen und Kurt beschleunigt den Wagen: „Wollen Sie das wirklich wissen?" „Natürlich, ist das ein Geheimnis?" „Nein, kein Geheimnis, aber es passt nicht mehr so richtig in unsere auf Political Correctness getrimmte Gesellschaft. Dann hören Sie mal zu: Wer seinen Kindern gibt das Brot und leidet nachher selber Not, den schlage man mit dieser Keule tot." Das monotone Motorgeräusch des Wagens begleitet Sabrinas Gedanken an ihre eigene Kindheit und über den wahren Sinn des soeben Gehörten.

KAPITEL 14
(DEZEMBER 2013)

Mit der Post unter dem Arm betritt Harald seine Wohnung. Kira verschwindet in ihrer warmen Ecke. Nasskaltes Schmuddelwetter, das wird wohl auch in diesem Jahr keine weiße Weihnacht werden, denkt Harald verstimmt. Nachdem er sich seiner „Hundesachen" entledigt hat, setzt er sich auf die Couch und faltet die Zeitung auseinander. Ein Brief fällt dabei auf den Boden. Als er ihn aufhebt, schlägt sein Herz etwas schneller, er sieht das Logo eines Ingenieurbüros, bei dem er sich beworben hat. Mit dem Gedanken „Sollte das endlich mal eine Zusage sein" reißt er ihn auf. Hastig gleiten seine Augen über den Text. An der Stelle „… *müssen wir Ihnen leider mitteilen, dass Ihr beruflicher Werdegang nicht mit den Anforderungen unseres Unternehmens kompatibel ist …*" zerknüllt er das Blatt und wirft es wütend in die Ecke. Inzwischen hat er aufgehört, die Zahl der Bewerbungen und Absagen zu zählen. Es ist zum Verzweifeln, Dutzende Bewerbungen hat er hinter sich, immer ohne Erfolg.

Ende Oktober hat er allein und ziemlich einsam seinen fünfundvierzigsten Geburtstag gefeiert. Was heißt gefeiert? Er hatte Schwester Franka zum Essen eingeladen, die aber hat ihm freundlich abgesagt. Angeblich musste sie gerade an diesem Abend zu ihrer Schwester. Günther war inzwischen weit weg und hatte angeblich keine Zeit, vermutlich hat seine Frau ihn an der Zusage gehindert. Um nicht gleich seinen Frust im Alkohol zu versenken, hatte sich selbst seine Feier organisiert. Er hatte gründlich geduscht, sich ein frisches weißes Hemd aus dem Schrank geholt und sogar noch eine passende Krawatte gefunden. Nun sah er mal wieder aus wie in seinen besten Zeiten. Fünfundvierzig, das schien ihm wie eine Zäsur in seinem Leben. Jetzt könnte er noch einmal völlig neu beginnen. An diesem Tag wollte er nicht allein in der Wohnung herumhängen. Er leistete sich ein Taxi, fuhr zum Schwanenteich. Er fand eine gemütliche Gaststätte, die an diesem Abend auch noch nicht sehr voll war. Er suchte in alter Gewohnheit einen Tisch in der Ecke, so dass er alles überblicken konnte. Der Kellner sah schon von weitem aus wie einer, der sich mehr für Männer interessiert, aber er war sehr höflich im Umgang. Harald bestellte eine Zwiebel-Lauch-Suppe und sein Lieblingsgericht, Schweineleber Berliner Art. Zum Nachtisch wünschte er sich gebackene Apfelringe mit Zimtzucker, die hatte Ruth immer in der Weihnachtszeit zubereitet. Er war kurz davor, sich ein großes Schwarzbier zu bestellen, als ihm einfiel, dass dies ja ein besonderer Abend war, und so entschied er sich für einen schweren Rotwein aus Portugal. Er zelebrierte das Essen, langsam löffelte er die Suppe und ließ sich Zeit mit der Leber, so dass diese schon fast kalt wurde. Dazwischen beobachtete er die wenigen Gäste und genoss den Wein in kleinen Schlucken. Er zahlte mit reichlich Trinkgeld, ließ sich ein Taxi rufen und fuhr nach Hause. Dort erst kamen der Schnaps und der Absturz in den dunklen Strudel seines nicht gelebten Lebens. Weit nach Mitternacht spie der ihn wieder aus. Er hockte mit glasigem Blick vor der Toilettenschüssel und alles, alles wollte aus ihm heraus, das Essen, der Wein, der Schnaps und seine geschundene Seele. Er kotzte sie sich quasi aus dem Leib. Am liebsten würde er den Kopf jetzt tief in das Becken stecken und den Deckel zumachen. Dann sprang er plötzlich auf, riss den Medikamentenschrank so heftig auf, dass ihm alles entgegenfiel. Krampfhaft suchte er die Packung mit den Schlaftabletten. Es waren aber nur noch drei Tabletten darin, er nahm sie und schon rebellierte sein Magen wieder und sie landeten in der Toilette. Völlig zerschlagen schlich er zurück in sein zerwühltes Bett und fiel in einen traumlosen Schlaf. Zum Glück waren die folgenden zwei Tage ein Wochenende, so dass er sich wieder regenerieren konnte.

Nun steht das Weihnachtsfest vor der Tür. Seine Kurierfahrten dauern immer länger, die Praxen sind übervoll, Grippezeit eben. Überall muss er warten. Wenn er durch die Stadt fährt, sieht er an jeder Ecke die Weihnachtsbaumverkäufer. Soll ich mir einen Baum holen?, fragt er sich, ich bin doch eh alleine. Er könnte ja Franka fragen, aber das mit ihr läuft schon lange nicht mehr. Seit der Absage zu seinem Geburtstag haben sie sich kaum noch gesehen. Wenn sie wirklich mal im Kino waren oder auf ein Glas Wein in der Bar, hat sie sich immer dann zurückgezogen, wenn er etwas intimer werden wollte. Offensichtlich hat sie kein wirkliches Interesse an ihm, wahrscheinlich ist er nur der nützliche Idiot, der für sie die Botengänge ausführt. Neuerdings lässt sie sich auch kaum noch sehen, wenn er in die Praxis kommt. Was ihm bleibt, ist Susi. Das Spiel mit ihr ist schon fast zur Sucht geworden, wobei das Spiel nur noch Mittel zum Zweck ist. Vor jeder neuen Runde und danach tauschen sie erst einmal Nachrichten aus. Er hat inzwischen das Gefühl, sie schon ewig zu kennen. Nachdem er sie in seine Freundesliste aufgenommen hat, wurden die Chats immer persönlicher. Er weiß inzwischen, dass sie eine kranke Mutter hat. Auf eine seiner Fragen, *„Was machst Du gerade?"*, kam die Antwort: *„Sitze allein vor dem Fernseher."* Nachfrage: *„Hast Du keine Familie?" „Nein, bin geschieden."* Später dann ihre Nachricht: *„Gestern ist meine beste Freundin gestorben."* Er sah sie in seinen Gedanken einsam, mit Tränen in den Augen auf dem Sofa sitzen und überlegte, wie er ihr am besten antworten könnte. Dann schrieb er: *„Das ist ja traurig, ich würd Dich gerne trösten."* Er musste nicht lange auf ihre Antwort warten: *„Oh ja, das wäre schön"*, dabei schlug sein Herz schneller und wie ein warmer Sonnenstrahl durchströmte ihn ein Gefühl der Sehnsucht. Wenn sie jetzt hier wäre, könnte er sie in den Arm nehmen. Heute muss ich sie mal nach dem Weihnachtsbaum fragen. Er nimmt sein iPhone vom Tisch, und bevor er die nächsten Fragen des Spiels beantwortet, tippt er erst einmal: *„Was machst Du Weihnachten? Hast Du schon einen Baum?"* Es kommt keine Antwort und die immer in ihm lauernde Angst, „Will sie vielleicht nicht mehr mit mir spielen?", macht sich wieder bemerkbar. Erst nach dem Abendessen, als er schon im Fernsehprogramm blättert, summt sein Handy: *„Sorry, musste arbeiten. Mein Baum steht schon geschmückt im Zimmer."* Harald muss schmunzeln und antwortet prompt: *„Wer macht denn sowas? Weihnachten ist doch erst in einer Woche." „Na ich, dann hab ich mehr vom Fest, bin doch sowieso allein."* Seine Gegenfrage *„Wieso allein?"* wird mit der Nachricht *„Meine Mutter liegt im Krankenhaus"* beantwortet. Inzwischen haben sie zwei weitere Runden gespielt und

Harald hat schon wieder mal verloren. *„Das ist ja schade, grüß sie mal von mir"*, schreibt er zurück und überlegt zugleich, war das eventuell schon zu persönlich? Das iPhone bleibt still. Am Morgen, während die Kaffeemaschine vor sich hin blubbert, schaut er nach neuen Nachrichten. „Susi fordert Dich zu einem neuen Spiel auf, nimmst Du an?", liest er auf dem Display. Natürlich nimmt er an und spielt die erste Runde. Comics stehen zur Auswahl, schon wieder mal das Thema, das ihm nicht liegt. Wie erwartet, nicht eine Frage richtig beantwortet, aber das interessiert ihn schon nicht mehr, denn in der Ecke sieht er, dass Susi ihm eine neue Nachricht geschickt hat: *„Werd ich machen, ich besuche sie heute. Hast Du denn schon einen Baum?"* „Nein, aber heute hol ich einen", antwortet er. Da die Antwort ausbleibt, beendet er sein Frühstück und macht sich auf den Weg. Am Abend steht ein kleiner Baum im Keller. Aufstellen und anschmücken wird er ihn aber erst am Vormittag des Heiligen Abends, so wie er es von zu Hause gewohnt ist.

 Die Feiertage verliefen eintönig. Der kleine Baum, den er sorgfältig geschmückt hatte, machte das Zimmer richtig gemütlich. Lange hatte er vor dem Bücherregal gestanden, bis ihm in der hinteren Reihe auf einem Umschlag das Bild Friedrichs II. ins Auge fiel. Geprägt durch den Vater hatte er sich schon früh für das Preußische Reich interessiert und fühlte sich als echter Preuße. Da kam ihm der Vater-Sohn-Konflikt gerade recht. Ja, jetzt über die Feiertage hatte er Zeit, das Buch zum wiederholten Mal zu lesen. Zum ersten Feiertag hatte er endlich einmal wieder selbst gekocht, als Kontrast zu den ewigen Fertigmahlzeiten, die er sonst zu sich nahm. In der Röhre brutzelte eine Entenbrust und der Grünkohl, den er schon zwei Tage vorher zubereitet hatte, war seine besondere Spezialität. Ein Rezept seiner Mutter. Auch in seiner Ehe mit Ruth war der Grünkohl zu Weihnachten immer seine Aufgabe gewesen. So verbrachte er die Feiertage zwischen Spaziergängen mit Kira durch den nassen matschigen Park, der Jugend, Friedrich II. und einem mittelmäßigen Fernsehprogramm, vor allem mit vielen Spielen und Chats mit Susi. Er fühlte sich ihr immer näher und manchmal hatte er das Gefühl, sie säße neben ihm.

Heute, am Silvesterabend, ist er noch einmal schnell mit Kira raus, bevor die große Knallerei beginnt. Nun sitzt er gemütlich vor dem Fernseher und zappt von einem Sender zum nächsten. Aber das Programm ist überall wenig anspruchsvoll. Lediglich bei einem Konzert aus der Philharmonie hält er sich länger auf. Nach dem Absturz an seinem Geburtstag hatte er sich vorgenommen, nicht mehr so viel zu trinken, und es bis heute auch geschafft mit wenig Alkohol auszukommen. Jetzt steht eine Flasche guten Rotweins auf dem Tisch, und mit der wird er ins neue Jahr gleiten. Als um Mitternacht die ersten Polenböller die Fensterscheiben erzittern lassen, verschwindet Kira mit eingezogenem Schwanz hinter dem Sofa. Er redet ihr gut zu, aber sie zittert wie Espenlaub. Aus dem Fenster schaut sich Harald das Feuerwerk vor dem Haus an, setzt sich wieder, gießt den letzten Rest Wein ins Glas, nimmt einen Schluck und schreibt: *„Ich wünsche Dir ein glückliches und gesundes neues Jahr!"* Er denkt eine Weile nach, trinkt das Glas leer und macht das Chatfenster noch einmal auf: *„Wollen wir uns im neuen Jahr nicht mal treffen?"* Dann schaltet er den Fernseher aus und geht zu Bett.

Am Neujahrsmorgen bahnt er sich mit Kira erst einmal einen Weg durch die Berge von Böllerresten. Wer räumt den ganzen Mist nun weg?, ärgert er sich und macht seine Runde durch den Park. Am Frühstückstisch greift er erwartungsvoll zum iPhone. Die Chatwolke leuchtet ihm entgegen: *„Auch Dir ein gutes neues Jahr. Na klar können wir uns treffen. Mach mal einen Vorschlag."* Harald atmet tief durch, trinkt genüsslich einen Schluck Kaffee. Nun kann das neue Jahr beginnen.

KAPITEL 15
(DEZEMBER 2013)

Jetzt, wenige Tage vor dem Fest, ist hier wieder die Hölle los. Zwei Kolleginnen hat eine schwere Erkältung außer Gefecht gesetzt. Prompt kam die Chefin zu Susi: „Susi, Sie müssen unbedingt an der Kasse aushelfen, wir schaffen das sonst nicht, tun Sie mir den Gefallen?" Sie wartete die Antwort erst gar nicht ab, dazu kannte sie Susi zu lange. Wenn irgendwo Not am Mann war, Susi war ihr Joker. „Danke, Susi, die Kasse vier ist nicht besetzt, Sie können gleich loslegen", damit war sie auch schon wieder verschwunden. Susi nahm sich einen Kittel vom Haken und nun sitzt sie an der Kasse vier. Die Kunden drängen voller Ungeduld an die Kasse. Es hat den Eindruck, als ob sie fürchten würden, nach den Feiertagen gäbe es nichts mehr zu kaufen. Die Körbe sind übervoll. Besonders erstaunt ist sie immer wieder, wenn sie sieht, welche Mengen gerade die Menschen einkaufen, die von Transfererleistungen leben. Heute muss sie sich extrem konzentrieren, sie war schon längere Zeit nicht mehr an der Kasse und der Konzern hatte erst vor zwei Wochen den Kassenbereich völlig neu gestalten lassen und alle Kassen erneuert. Selbst die Kolleginnen, die jeden Tag hier sitzen, haben noch immer nicht alles voll im Griff. Die Kunden scheint das aber wenig zu interessieren, die drängen dem Vordermann den Wagen in die Hacken und einige besonders Ungeduldige fangen an zu nörgeln. Susi aber lächelt sie an und schiebt Produkt für Produkt über den Scanner. Als ein älterer Herr, der sich mit einer Hand auf seine Krücke stützt, Mühe hat, die Waren auf das Band zu legen, steht sie auf, verlässt ihre Kasse und hilft ihm. Sofort fangen schon wieder einige an zu murren. Der alte Herr bedankt sich, zahlt und verschwindet. Als der übernächste Kunde an der Reihe ist, einer der besonders laut gemurrt hat, lächelt sie ihn an: „Wenn Sie dem alten Herrn geholfen hätten, wären Sie jetzt vielleicht schon fertig." Wortlos schiebt der Kunde seine Bankkarte in das Lesegerät und verschwindet ohne Gruß. Endlich der letzte Kunde, Susi rechnet die Kasse ab und die Chefin kommt persönlich vorbei und bedankt sich. „Susi, können Sie morgen noch einmal aushelfen?", klingt es zaghaft und wie zur Aufmunterung: „Danach haben Sie ja frei bis zum Januar." Susi schaut ihr offen ins Gesicht: „Ist schon o.k., ich seh ja, was hier los ist. Wenn alle Stricke reißen, kann ich auch am 24. noch einmal kommen." „Danke, Susi, Sie sind ein Schatz", kommt es strahlend zurück. Susi zieht sich um, schnappt ihre Tasche mit den Einkäufen und verschwindet. In der Stadt geht sie noch schnell am Blumenladen vorbei, kauft ein kleines weihnachtliches Sträußchen und macht sich auf den Weg ins Krankenhaus. Vor drei Tagen, als sie morgens noch beim Frühstück saß, rief der Pflegedienst an. Die Pflegerin kam nicht in die Wohnung. Sie hatte zwar einen Schlüssel, aber von innen war die Kette vorgelegt und Frau Kaltner antwortete nicht. Zum Glück kannte Susi noch aus der Schulzeit einen der Mitarbeiter vom Schlüsseldienst. Fast gleichzeitig trafen beide vor der Wohnung der Mutter ein, wo die Pflegerin schon ungeduldig wartete. Die Tür war schnell geöffnet und sie fanden Susis Mutter auf dem Fußboden liegend. Offenbar hatte sie erbrochen und war schon ziemlich unterkühlt. Der Notarzt nahm sie sofort mit in die Klinik. Später erklärte der Stationsarzt Susi, dass wahrscheinlich ein blutendes Magengeschwür die Ursache gewesen sei. Auf alle Fälle sollte ihre Mutter über die Feiertage noch in der Klinik bleiben. Susi war es recht, ihr Verhältnis zur Mutter hatte sich in letzter Zeit merklich abgekühlt. Ihre Mutter wurde immer unzugänglicher und gereizter. So auch jetzt wieder: „Du kommst aber spät heute", sind ihre ersten Worte, als Susi das Zimmer betritt. „Mutti, weißt du, was draußen los ist? Die Leute kaufen wie verrückt und ich muss jetzt an der Kasse aushelfen." „Und ich liege hier und warte", kommt es unwirsch zurück. Inzwischen hat Susi die Blumen auf den Nachttisch gestellt und setzt sich neben das Bett. „Wie geht es dir heute, was sagt der Arzt?" Statt einer Antwort kommt die energische Frage: „Hast du mir etwas zum Lesen mitgebracht?" „Nein, Mutti, das habe ich in dem Trubel vergessen, ich bring dir morgen eine

Zeitung mit." Sie wechseln nur noch wenige Worte, dann macht sich Susi auf den Weg. Immer unerfreulicher erscheinen ihr die Krankenbesuche.

Endlich Weihnachten, Susi hat eine CD mit Weihnachtsliedern eingelegt, sich einen aromatischen Tee aufgebrüht und sitzt verträumt vor ihrem kleinen, hübschen Weihnachtsbaum. Heute flackern zum ersten Mal die Kerzen, obwohl der Baum schon seit drei Tagen im Raum steht. Ja, seit sie allein ist, hat sie wieder echte Kerzen am Baum. Es kann ja nichts passieren, sie sitzt doch direkt daneben. Aber die flackernden Kerzen führen sie mit der Wärme, die sie ausstrahlen, zurück in die Kindheit, als sie noch auf Vaters Schoß vor dem Baum saß und er ihr Märchen vorlas, während die Kerzen langsam herunterbrannten. Das ist jetzt dreißig Jahre her, wie schnell doch die Zeit vergangen ist, denkt sie und genießt ihren heißen Tee in kleinen Zügen. Schuldbewusst angelt sie sich eine Marzipankartoffel von ihrem bunten Teller. Eigentlich wollte sie auf Süßigkeiten verzichten, aber heut ist doch Weihnachten, denkt sie, schiebt sich noch eine Marzipankartoffel in den Mund und verdrängt das schlechte Gewissen, das sie jeden Morgen befällt. Immer wenn sie sich nach der Dusche vor dem Spiegel betrachtet, ärgert sie sich von neuem über die Narben des Unfalls, aber neuerdings stellt sie auch den sich doch deutlich abzeichnenden Ring um die Hüften fest. Nein, ich möchte noch keine Matrone werden, sagt sie sich. Was hat sie nicht schon alles unternommen, Diäten, Kokosöl oder der Joghurt mit dem lächelnden Bauch, alles ohne Erfolg. Aber sie gibt die Hoffnung nicht auf, vielleicht findet sich ja doch noch mal ein Mann, der ernsthaft mit ihr zusammenleben möchte. Moki fällt ihr ein. Komischer Name, irgendwann einmal hat er sie mit einem *„Guten Morgen, Susi"* begrüßt. Sie antwortete: *„Guten Morgen …?"* Da schrieb er zurück: *„Nenn mich einfach Moki."* Dabei blieben sie. Jetzt greift sie zum iPhone, ja, da ist wieder eine Nachricht: *„Ich wünsche Dir ein schönes ruhiges Weihnachtsfest."* „Das wünsche ich Dir auch", schreibt sie zurück und hängt gleich noch die Frage daran: *„Was machst Du gerade?"* *„Ich sitze mit Kira gemütlich vor der Glotze",* kommt es nach wenigen Minuten zurück. Susi legt eine neue CD ein und holt sich noch eine Tasse Tee. Dann greift sie zu ihrem Buch und versinkt im Schicksal der Flüchtlinge Hildegard von Kamcke und ihrer kleinen Tochter Vera.

Es ist noch nicht einmal zwanzig Uhr und draußen vor dem Haus gehen schon die ersten Böller in die Luft. Es ist jedes Jahr dasselbe. Als vor drei Tagen die ersten Silvesterartikel in ihrer Einrichtung verkauft wurden, standen die Leute Schlange. Susi hat nie verstanden, was Menschen bewegt, Unsummen an Geld auszugeben, für Dinge, die in Sekunden mit viel Lärm in die Luft gehen und einen Haufen Müll hinterlassen. Natürlich freut sich ihre Chefin über den zusätzlichen Umsatz, was aber könnte man mit all diesem Geld wirklich Gutes für die Menschheit tun? Wie in jedem Jahr hat Susi auch diesmal kurz vor dem Fest eine dreistellige Summe an eine bekannte Kindereinrichtung überwiesen. Für den heutigen Abend hat sie sich einen leckeren Fischsalat selbst zubereitet und sich eine kleine Flasche Sekt bereitgestellt. Der Fernseher bleibt heute aus, das alljährliche sinnlose Silvesterprogramm sollen sich andere anschauen. Sie holt sich die CD mit Händels Messias aus dem Regal und lässt sich in die kraftvollen Töne der Musik fallen. Das kurz aufkommende schlechte Gewissen verdrängt sie schnell wieder. Ja, ihre Mutter sitzt jetzt nur wenige Meter Luftlinie entfernt allein in ihrer Wohnung, aber sie wollte es scheinbar so. Jedes Jahr sind sie gemeinsam in das neue Jahr gegangen, aber als sie Mutter nach dem Fest aus der Klinik holte, gab es gleich wieder Knatsch. Susi hatte erstmals etwas ausführlicher über das Spiel mit Harald erzählt und konnte dabei ihre Freude darüber, endlich jemanden gefunden zu haben, der sie versteht, nicht verbergen. Mutter aber hielt ihr gleich wieder einen langen Vortrag: „Kind, was soll denn das? Du kennst den doch gar nicht. Du kannst doch einem fremden Menschen nicht all deine persönlichen Sachen erzählen." Was weiß denn Mutter schon? Natürlich kennt sie ihn, sie weiß fast alles von ihm. Kennt seinen Wohnort, zumindest vermutet sie das, denn er schrieb ja in Rätseln, genau wie sie. Als er sie nach ihrem Wohnort fragte, schrieb sie: „Stadt mit der Keule." Sie weiß, dass er als Ingenieur arbeitet, einen Hund hat und so vieles mehr. Vor allem aber kann er so unglaublich verständnisvoll schreiben. Das aber hält Mutter alles für gefährlichen Quatsch und liegt ihr neuerdings ständig in den Ohren: „Susi, du hast das doch gar nicht nötig, dich mit einem so fremden Menschen einzulassen. Es gibt doch auch hier nette Männer." „Mutter, wo siehst du denn hier Männer? Entweder sind sie verheiratet oder stehen mit der Büchse Bier vor unserem Supermarkt." Sie fanden so nicht mehr zueinander. Susi erledigte die letzten Einkäufe für ihre Mutter und verabschiedete sich.

Während das gewaltige „Halleluja" aus den Boxen klingt, immer wieder unterbrochen von der Knallerei auf der Straße, träumt Susi zurück in ihre glücklicheren Zeiten. Da war sie noch mitten im Leben, in der Schulclique, der Lehrzeit und im ersten, noch so hoffnungsvollen Jahr ihrer Ehe mit Matthias. Und immer dabei Caro, ihre beste Freundin. Was haben sie nicht alles zusammen angestellt, und nun ist sie einfach nicht mehr da. Susi hat ihren Tod noch immer nicht wirklich realisiert und manchmal greift sie gewohnheitsmäßig zum Handy und will Caros Nummer aufrufen, die sie noch nicht aus ihrem Speicher gelöscht hat. Jetzt in den letzten Stunden dieses so traurigen Jahres wird ihr ihre ganze Einsamkeit so recht bewusst. Ja, manchmal wandelt auch sie im Dunkeln, nun auch noch der Streit mit Mutter. Nein, es war kein schönes Jahr, bis auf die Tatsache, dass sie Harald kennen gelernt hat. Auch zu den Feiertagen haben sie viele Spiele ausgetragen und sie wurde immer besser. Die Chats waren eher belanglos, sie hatten ja schon alles übereinander geschrieben. Ab heute Mittag war das iPhone ruhig geblieben. Wer weiß, vielleicht feiert er irgendwo mit Freunden. Sie legt das Telefon weg, inzwischen ist der „Messias" mit dem „Amen" zu Ende gegangen. Susi, sucht sich eine Mozart-CD aus dem Regal, nimmt einen Schluck Sekt und greift zu ihrem Buch. Es sind nicht mehr viele Seiten, sie wird die Flüchtlingsgeschichte aus dem Alten Land sicher noch in diesem Jahr zu Ende lesen. Als die Glocken der nahen Nikolaikirche das neue Jahr einläuten, stößt sie mit sich selbst an, wirft noch einen Blick aus dem Fenster auf das ringsherum leuchtende Feuerwerk und geht zu Bett. Nach wenigen Minuten fällt sie in einen tiefen traumlosen Schlaf.

Am Neujahrsmorgen erwacht sie von dem Krach der Kehrmaschine, die den Müll der Nacht beseitigt. Nach dem ersten Schluck Kaffee sucht sie ihr Handy. Das schlechte Gewissen meldet sich wieder. Wenn ich Mutter schon am Abend allein gelassen habe, sollte ich doch wenigstens jetzt mal anrufen und ihr ein gesundes neues Jahr wünschen. Als sie das iPhone in der Hand hält, sieht sie auf dem Display den Hinweis „Du hast eine Chatnachricht von MOHAKI." Schnell öffnet sie den Chat und liest: *„Ich wünsche Dir ein glückliches und gesundes neues Jahr!"*, und gleich danach noch eine Nachricht: *„Wollen wir uns im neuen Jahr nicht mal treffen?"* Ein leichter Schreck durchfährt sie, meint er das wirklich ernst? Nachdenklich starrt sie auf ihr Honigbrötchen, soll ich mich echt darauf einlassen? Die mahnenden Worte der Mutter fallen ihr wieder ein. Warum denn eigentlich nicht? Sie kennt ihn jetzt schon so lange und er ist der Einzige, dem sie sich bisher anvertrauen konnte. Noch ein nachdenklicher Schluck aus der Kaffeetasse, dann greift sie zum iPhone und schreibt: *„Auch Dir ein gutes neues Jahr. Na klar können wir uns treffen. Mach mal einen Vorschlag."* Nun ist es raus, denkt sie erleichtert, räumt den Tisch ab und macht sich auf den Weg zu ihrer Mutter.

KAPITEL 16
(JUNI 2014)

Es ist ein warmer Tag, der Mai hat sich verabschiedet und der Sommer schaut lächelnd um die Ecke. Kurt Gaebler ist müde, den ganzen Vormittag lang hat er sich mit der Akte eines Mordfalls beschäftigen müssen. Wieder einmal hat man ein totes Baby am Spreeufer gefunden. Er hasst solche Fälle. Was sind das nur für Menschen, die ihr eigenes Kind so sehr ablehnen, dass sie sich seiner auf diese Art entledigen? Er erinnert sich noch gut daran, wie sehr Roswitha und er sich auf ihr erstes Kind gefreut haben, jeden Abend, wenn er spät nach Hause kam, hat er erst einmal sein Ohr auf Roswithas dicken Bauch gelegt und gehofft, das Baby würde mit ihm sprechen. Mein Gott, wozu haben wir denn Babyklappen eingerichtet?, denkt er wütend. Und immer wenn er wütend ist, meldet sich sein Magen. Er hat Hunger, mit einem Blick auf die Uhr stellt er fest, tatsächlich es ist ja schon nach zwölf. Er legt die Akte beiseite und will gerade zur Kantine aufbrechen, als das Telefon klingelt. Unwirsch nimmt er den Hörer ab. Am anderen Ende der Leitung meldet sich eine männliche Stimme: „Ist da Kommissar Gaebler? Mein Name ist Maltzahn, ich bin Bereichsleiter bei der Stadtreinigung." „Ja, ich bin Kommissar Gaebler, was kann ich denn für Sie tun?" Kurt schaut ungeduldig auf die Uhr, merkwürdig, immer in der Mittagspause rufen die Leute an. „Meine Mitarbeiter haben heute Morgen bei Reinigungsarbeiten am Parkplatz neben dem Bahnhof eine rote Lederhülle mit einem iPhone gefunden. So etwas schmeißt doch keiner weg. Da ist mir dann Ihre Pressemitteilung vom letzten Monat eingefallen. Wissen Sie, wegen der Toten im Spreewald. Sie haben doch nach Hinweisen gesucht. Vielleicht ist das einer." Kurt unterbricht den Redestrom des Mannes, er will jetzt eigentlich in die Kantine. „Herr Maltzahn, das ist richtig, vielleicht ist das ein Hinweis. Könnten Sie denn heute Nachmittag zu mir ins Kommissariat kommen und das Handy mitbringen?" Sie verabreden sich für vierzehn Uhr und Kurt kann endlich das Büro verlassen.

Pünktlich um vierzehn Uhr, Kurt hat sich gerade einen Kaffee aus dem Automaten geholt, klopft es an die Tür. Ein kräftiger Mann in der orangefarbenen Arbeitskleidung der Stadtreinigung stellt sich vor: „Guten Tag, Herr Kommissar, ich bin der Herr Maltzahn, wir haben heute telefoniert." „Ja, ich weiß, schön, dass Sie kommen konnten, nehmen Sie doch Platz bitte!", begrüßt er seinen Gast. Unter einem Bereichsleiter hat er sich eigentlich einen Menschen in Bürokleidung vorgestellt, aber scheinbar gibt es bei der Stadtreinigung auch noch Leiter, die wirklich arbeiten. „Erzählen Sie mir bitte genau, wo Sie das Handy gefunden haben", fordert er seinen Gast auf. Der greift in seine Arbeitsjacke und legt die rote Lederhülle mit dem Handy auf den Tisch: „Wir haben uns heute den Parkplatz neben dem Bahnhof vorgenommen. Um den Platz herum steht ja einiges an Sträuchern und Gebüsch und Sie glauben ja kaum, wie es da aussieht. Wie auf einer Müllhalde, es ist unglaublich, was die Menschen da alles hinschmeißen. Heute haben wir sogar einen zerlegten Computer gefunden und eben das Handy da." „Ja, das glaube ich Ihnen gern." Kurt kennt den Parkplatz und weiß, mit welcher Intensität die Menschen dort ihren Müll entsorgen. „Ich bin froh, dass ihre Kollegen da ab und zu mal aufräumen." Im Stillen denkt er, wenn die da heute so gründlich aufgeräumt haben, wird es keinen Sinn machen, die Spusi noch an den Fundort zu schicken. Herr Maltzahn sieht ihn an: „Wir würden viel öfter dort und in den anderen Grünanlagen aufräumen, aber Sie wissen ja, keine Leute. Wir sind schon froh, wenn wir wenigstens einmal im Jahr durchkommen. Ich muss dann auch wieder." Er erhebt sich, reicht Kurt die Hand und verabschiedet sich mit einem kräftigen Händedruck. Ja, denkt Kurt, der arbeitet wirklich. Er nimmt eine Asservatentüte aus dem Schubfach und schiebt vorsichtig mit dem Kuli die Lederhülle hinein. Es wird zwar nicht viel Sinn machen, aber einen Versuch ist es wert. Mit diesem Gedanken ruft er in der Kriminaltechnik an und bittet einen Mitarbeiter zu sich herauf.

Zwei Tage später meldet sich der Kollege Frieder Watzke von der Kriminaltechnik bei Kurt. „Hallo, Kurt, viel konnte ich nicht anfangen mit dem iPhone, das ist ja noch eine der ersten Versionen. Da die SIM-Karte fehlt, komme ich nicht an die Verbindungsdaten." „Kannst du denn über den Provider nichts erreichen?", fragt Kurt resigniert nach. „Wie denn, da brauchte ich die Vertragsdaten und die haben wir nicht." „Konntest du denn wenigstens etwas über die Chats aus dem Spiel herausbekommen?" Langsam wird Kurt ungeduldig, der Fall liegt jetzt schon fast vier Wochen zurück und sie haben noch immer kein greifbares Ergebnis. Erst in der vergangenen Woche musste er dem Polizeipräsidenten Bericht erstatten. Der hatte ihn danach freundlich, aber mit Nachdruck ermahnt: „Lieber Kollege Gaebler, wir brauchen dringend Ergebnisse, der öffentliche Druck nimmt zu und die Presse gibt auch keine Ruhe. Sie wissen doch, wir leben hier in der Grenzregion und müssen uns darüber hinaus auch noch mit der Flüchtlingssituation auseinandersetzen." Inzwischen redet der Kollege Watzke weiter: „Ja, wir konnten auf dem iPhone selbst den gesamten Chatverkehr mit diesem MOHAKI-Spieler wieder sichtbar machen. Ich hab das mal ausgedruckt und schick es dir gleich als Mail rüber." „Na wenigstens etwas", knurrt Kurt vor sich hin. „Könnt ihr denn über den Betreiber des Spieles nicht herausbekommen, wer dieser MOHAKI ist?" „Hab ich versucht, Kurt, geht aber nicht. Der Server steht irgendwo im Ausland, vermutlich Osteuropa. Da werden wir kaum eine Chance haben, zumal der MOHAKI nicht seine E-Mail-Adresse hinterlegt hat." „Schade, aber versuch es mal weiter, vielleicht hast du Erfolg. Ich danke dir erst mal für die Chatprotokolle, sind gerade angekommen. Danke, Frieder, wenn du noch was findest, melde dich." Kurt legt auf, öffnet die Mail und wirft einen kurzen Blick auf den Anhang. Das sind ja weit über zehn Seiten, wer soll das denn alles lesen? Ein Gedanke schießt ihm ein. Er klickt auf „Weiterleiten", gibt die Adresse der Frau Dr. Unruh ein und schreibt: „Liebe Frau Doktor Unruh, die KT konnte den Chatverkehr im Fall unserer Spreewaldleiche rekonstruieren. Ich sende Ihnen die Protokolle anbei, mit der Bitte, diese aus der Sicht der Psychologin auszuwerten. Beste Grüße, Kurt Gaebler." Dann klickt er auf „Senden" und lehnt sich entspannt zurück.

Freitagnachmittag, Sabrina Unruh schaut auf die Uhr. Vierzehn Uhr, ich sollte für heute Schluss machen, ich hab noch so viele Überstunden. Sie schaut aus dem Fenster, draußen scheint die Sonne, der beginnende Sommer lässt grüßen. Sabrina freut sich auf das Wochenende. Gestern Abend hatte sich überraschend ihr Bruder gemeldet, der sonst so gut wie nie anruft: „He, Sabrina, Überraschung, ich bin mal wieder in Deutschland. Du hast doch hoffentlich nicht vergessen, dass Mutter am Wochenende Geburtstag hat? Ich werde hinfahren, komm doch auch, dann sehen wir uns endlich mal wieder." Sie erschrak, den Geburtstag ihrer Mutter hätte sie ohne den Anruf ihres Bruders Justus wirklich vergessen und die unerwartete Möglichkeit, Justus – der sonst fast das ganze Jahr über in der Schweiz unterwegs ist – mal wieder zu sehen, ließ sie spontan zusagen. Jetzt ist sie voller Vorfreude, mal wieder nach Hause in den Harz zu kommen. Für sie ist der Harz zu jeder Jahreszeit immer wieder schön, besonders jetzt im Frühsommer, wo alles noch in frischem Grün und mit bunten Blüten daherkommt. Sie räumt ihre Sachen zusammen, überlegt, wo sie noch ein Geschenk für die Mutter kaufen könnte, und wendet sich dem PC zu, um noch schnell eine günstige Bahnverbindung zu suchen. Dabei fällt ihr das kleine Briefsymbol auf der Taskleiste auf, das ihr signalisiert, dass noch dreizehn ungeöffnete Mails im Postfach liegen. Auch das noch. Mails sind nicht so ihre Sache, aber widerwillig öffnet sie das Postfach. Wie erwartet, jede Menge belangloses Zeug, aber fast am Ende fällt ihr der Absender Kurt Gaebler auf. Da sollte sie wenigstens noch hineinschauen. Als sie seine Nachricht gelesen hat, ist sie sauer, mal wieder typisch Gaebler. Alles, was nach Arbeit aussieht, delegiert er weiter. Andererseits weiß auch sie, wie wichtig der Fall ist. Missmutig druckt sie den Anhang aus und während der Drucker Blatt für Blatt ausspuckt, findet sie wenigstens eine Zugverbindung, mit der sie sogar heute noch in den Harz gelangt. Schnell packt sie den Stapel Papier in die Tasche, fährt den Rechner herunter und verlässt ihr Büro.

KAPITEL 17
(JUNI 2014)

Langsam rollt der Zug in die einbrechende Dunkelheit. Soeben hat er den Bahnhof Eilenburg verlassen und zuckelt nun im Tempo eines Regionalexpresses dahin, offensichtlich wieder eine Baustelle, die auch den ICE ausbremst. Sabrina hat sich beim Zugbegleiter einen Kaffee bestellt und liest nun endlich die Chatprotokolle, die ihr der Kommissar geschickt hatte. Zu Haus hatte sie dazu weder Zeit noch Lust. Die Eltern haben sich riesig über den überraschenden Besuch gefreut. Jetzt, da sich auch der Vater im Ruhestand befand, war es eine doppelte Freude, beide Kinder mal wieder zusammen am Tisch zu haben. Am Samstag waren sie bei herrlichem Sonnenschein hinaufgewandert zur Steinernen Renne und hatten bei Kaffee und Kuchen auf der Terrasse den Blick über das Tal, hinunter auf die von der Sonne beschienene Stadt und das Schloss genießen können. Am Sonntag hatte Mutter die Gelegenheit genutzt und in der Küche ein wahres Wunder an Menü gezaubert. Danach waren alle so satt und fratt, dass sie sich noch ein Stündchen hinlegen mussten. Der Nachmittagskaffee fiel demzufolge aus und Vater brachte Sabrina und Justus zur Bahn. Bis Leipzig konnten sie gemeinsam fahren und Justus nutzte die Gelegenheit, seiner kleinen Schwester sein Leid zu klagen, dass sich bei all den Frauen, die er kennen gelernt hatte, nie eine feste Beziehung ergab. Nun sollte ihm doch mal die Frau Doktor Psychologin einen Rat geben. Aber an der Stelle fühlte sich Sabrina nicht zuständig, denn auch sie hatte es noch immer nicht geschafft, überhaupt erst einmal eine längere Beziehung zu einem Mann einzugehen. In Leipzig trennten sich ihre Wege. Justus nahm den ICE nach Frankfurt, während Sabrina in den Gegenzug nach Cottbus stieg. Inzwischen hat der freundliche Zugbegleiter den Kaffee abgestellt und Sabrina vertieft sich in die Protokolle. Seitenlange, zum Teil belanglose Nachrichten, jedoch immer wieder unterbrochen von intimer werdenden Sätzen. Scheinbar wussten am Anfang beide noch nicht, wie das mit dem Chat funktioniert. Die erste Nachricht von MOHAKI: „*Gratulation, Du hast gewonnen*", blieb zunächst ohne Antwort. Nachdem MOHAKI ein „*Guten Morgen!*" gewünscht hatte, kam nach zwei Wiederholungen die Antwort: „*Ach so geht das mit dem Schreiben, Dir auch einen guten Morgen!*" Nach mehreren „*Guten Morgen*"- und „*Guten Abend*"-Wünschen kam die Nachfrage: „*Darf ich Dich in meine Freundesliste aufnehmen?*" Die Antwort ließ nicht lange auf sich warten: „*Na klar doch!*" Danach wurde aus dem allgemeinen ein persönlicher Gruß: „*Guten Morgen, Susi, wie geht es Dir?*" Susi schien einen ganzen Tag überlegt zu haben, dann schrieb sie: „*Guten Morgen …?*" Die Antwort blieb nicht aus: „*Guten Morgen, liebe Susi, nenn mich Moki.*" „*Guten Morgen, Moki, ist das weiblich oder männlich?*" „*Das ist männlich, ist das schlimm?*" „*Nein, ganz im Gegenteil.*" Einige Seiten weiter liest Sabrina: „*Ich muss jetzt mit dem Hund raus.*" „*Du hast einen Hund? Was ist das für einer?*" „*Schäferhündin, sieben Jahre alt.*" „*Wir hatten auch mal einen Hund, ist aber lange her.*" Wieder ein paar Seiten weiter der nächste Versuch einer Annäherung: „*War mit dem Hund draußen, Schietwetter.*" „*Ja, bei uns regnet es auch*" „*Wo ist bei uns?*" Wieder eine längere Pause, dann die Antwort: „*Quizfrage, Stadt mit der Keule, und Du?*" „*Stadt an der Spree mit Stausee.*" Jetzt wollte es jemand genauer wissen. Moki schrieb: „*Was arbeitest Du?*" „*Einkäuferin im Handel, und Du?*" Wieder eine längere Pause: „*Ich bin Ingenieur im Kraftwerk.*" Nach ein paar Belanglosigkeiten die Frage von Susi: „*Hast Du Familie?*" „*Nee, bin geschieden.*" „*Und Kinder?*" „*Ja, zwei, Junge und Mädchen, leben bei der Mutter.*" Das schien erst einmal genug der persönlichen Annäherung, aber bald ging es weiter: „*Hast Du denn Familie?*" „*Nein bin auch geschieden.*" „*Und Kinder?*" „*Keine, war nur ein Jahr verheiratet.*" Im Spätherbst schrieb Susi: „*Meine beste Freundin ist gestorben.*" Schnell kam es zurück: „*Das ist aber traurig, ich würde Dich gern trösten.*" „*Oh ja, das wäre schön.*" Während der Feiertage Belangloses über Susis Mutter, den Hund von Moki, das dann wieder überging in Sätze wie: „*Ich sitze hier allein vor dem Fernseher.*" „*Ich auch, das wäre schön, wenn Du jetzt hier neben mir sitzen könntest.*" Dann zum

Beginn des neuen Jahres plötzlich die Frage von Moki: *„Wollen wir uns im neuen Jahr nicht mal treffen?"*, und Susis prompte Antwort: *„Na klar können wir uns treffen. Mach mal einen Vorschlag."* Sabrina legt die Seiten ab, nimmt einen Schluck des schon fast kalt gewordenen Kaffees und schaut nachdenklich in die inzwischen über das Land gefallene nächtliche Dunkelheit, die nur von den vorbeihuschenden Lichtern unterbrochen wird. Sie sieht ihr Spiegelbild in der Scheibe und das Gespräch mit Justus fällt ihr ein. Ist doch merkwürdig, denkt sie, da sehen sich Menschen täglich, arbeiten zusammen und finden doch nicht zueinander. Und hier, sie nimmt die Papiere wieder auf, hier chatten zwei Menschen miteinander, die sich noch nie gesehen haben, und fühlen sich dabei so nahe und miteinander verbunden, als kennten sie sich schon seit Jahren. Lange denkt sie darüber nach, bevor sie weiterliest.

Die folgenden Seiten befassen sich ausführlich mit der Vorbereitung des Treffs. Moki schrieb: *„Kennst Du die kleine Stadt im Spreewald?"* *„Ja, da war ich schon mal."* *„Prima, ich kenn mich da aus."* In der Folge sind die Nachrichten geprägt von Einzelheiten des Treffs und der Vorfreude auf beiden Seiten. *„Ich freu mich riesig, Dich endlich zu sehen"*, schrieb Susi und Moki antwortete: *„Und ich erst, ich kann es gar nicht erwarten."* Am Ende verabreden sich die beiden für den ersten Sonntag im Mai. Dann folgen noch viele Seiten mit gegenseitigen Mitteilungen über Wetter, Arbeit, Fernsehprogramm und Ähnliches. Das Chatprotokoll endet am Samstag vor dem vereinbarten Treff mit Mokis Nachricht: *„Schlaf gut, ich träum von Dir, bis morgen."*

Der Zuglautsprecher kündigt die Einfahrt in den Hauptbahnhof Cottbus an, Sabrina steckt den Stapel Papiere in ihre Tasche und verlässt den Zug. Um jetzt noch mit der Straßenbahn nach Hause zu fahren, ist sie einfach zu müde. Sie geht zum Taxistand und lässt sich in die Polster des Wagens fallen.

Am Montagmorgen, Sabrina hat gerade erst ihren Computer hochgefahren und den Stapel Chatprotokolle ordentlich abgeheftet, klingelt das Telefon. „Unruh hier", meldet sie sich. „Guten Morgen, Sabrina, hatten

Sie ein schönes Wochenende? Hier Gaebler", klingt es aufgeräumt zurück. Der hat Nerven, scheint mal wieder gut geschlafen zu haben und nun ist er voller Tatendrang. „Ja, kann man so sagen, ich war bei meinen Eltern", antwortet sie ihm. „Konnten Sie denn schon mal die Protokolle lesen?", fragt Kurt zurück und ist überrascht, als Sabrina ihm fröhlich antwortet: „Na klar doch, Sie wollen doch jetzt mit mir darüber reden." Schau mal an, denkt Kurt, die scheint ja ihren Job wirklich ernst zu nehmen. „Ja, deshalb rufe ich Sie an. Kommen Sie rüber zu mir, gibt auch ein leckeres Käffchen." „Nein danke, lassen Sie mal, ich bringe meine Tasse Tee mit, bin gleich bei Ihnen." Es dauert nicht lange, bis Sabrina mit ihrer großen Teetasse und dem Hefter vor ihm sitzt. Nach einem kurzen Smalltalk über Sabrinas Besuch bei den Eltern und Kurts Wochenende im Stadion kommt er schnell zur Sache. „Schön, dass Sie die Protokolle schon lesen konnten", er schaut Sabrina fragend an: „Ich hab sie am Wochenende auch mal durchgeblättert, bin aber nicht so richtig schlau geworden. Das scheint mir doch alles ziemlich wirr. Was meinen Sie denn?" Sabrina nimmt den Hefter vom Tisch, blättert wahllos in einigen Seiten und beginnt vorsichtig: „Ich denke schon, wir haben hier ein klassisches virtuelles Beziehungsmuster." „Was ist das denn?", fragt Kurt zurück. „Nun ja, hier haben sich durch Zufall zwei Menschen über dieses Spiel kennen gelernt. Beide scheinen relativ einsam gewesen zu sein. Susi hat außer ihrer besten Freundin, die dann ja verstorben ist, wohl nur noch ihre kranke Mutter als Bezugsperson gehabt. Und dieser MOHAKI oder Moki, wie er sich nennt, scheint außer seiner Hündin wohl auch keinen engeren Kontakt zu anderen Personen zu haben." „Und wie weiter?" „Wenn Menschen sich mehr oder weniger in sich selbst zurückziehen, vereinsamen sie und dann sind solche virtuellen Kontakte wie Rettungsanker. Unsere Phantasie lässt uns in solch einer Situation den virtuellen Partner sehr schnell als Realität wahrnehmen. Wir machen uns ein Bild von ihm, das unseren Vorstellungen entspricht, und glauben dann, ihn schon lange zu kennen." „Hilft uns das irgendwie weiter?", will Kurt wissen. „So richtig wohl nicht. Ich vermute, dass die beiden sich in ihrer Einsamkeit und Sehnsucht nach Nähe ein Phantasiebild vom jeweils anderen erstellt haben, das sie für Realität hielten. Bei dem Treff haben sie dann vermutlich festgestellt, dass die Bilder nicht identisch waren, und das Ganze ist eskaliert." „So richtig erklärt das aber immer noch nicht, warum dieser, wie nennte er sich nochmal?" „Moki", hilft Sabrina dem Kommissar weiter. „Ja, danke, warum vermutlich dieser Moki die Frau umgebracht hat." „Da haben Sie Recht, endgültig werden wir das wohl erst wissen, wenn wir ihn befragen können", meldet sich Sabrina. Zynisch antwortet Kurt: „Ja wenn wir ihn dann mal endlich hätten! Was können wir denn aus den Protokollen an Fakten ableiten?" Sabrina denkt kurz nach, bevor sie antwortet: „Viel sicher nicht. Vermutlich wohnt dieser Moki in Spremberg und arbeitet als Ingenieur im Kraftwerk, vorausgesetzt, dass alles stimmt, was er da so geschrieben hat." „Wieso? Haben Sie Zweifel?" Kurt blickt auf. „Na ja." Sabrina zögert ein wenig: „Diese Susi scheint ziemlich offen gewesen zu sein, sie hat sehr freimütig viel über sich und ihren Alltag preisgegeben, während dieser Moki manche ihrer Fragen doch sehr zurückhaltend oder mehrdeutig beantwortet hat. Ich glaube, er wollte nicht alles von sich offenbaren. Deshalb hätte ich schon so meine Zweifel." Kurt atmet tief durch: „Also sind wir so schlau als wie zuvor, es ist zum Verzweifeln. Wir brauchen unbedingt einen konkreten Hinweis auf diesen MOHAKI." „Ist denn aus dem gefundenen iPhone nichts abzuleiten?", will Sabrina wissen. Kurt schüttelt den Kopf: „Nein, absolut nichts. Die Kriminaltechniker haben alles versucht. Aber wegen der fehlenden SIM-Karte lassen sich keine Verbindungsdaten ermitteln und die Vertragsunterlagen konnten wir in Frau Kaltners Wohnung nicht finden. Wir stehen immer noch am Anfang." Resigniert schiebt Kurt seine Kaffeetasse beiseite und schaut ins Leere. Sabrina klemmt sich den Hefter unter den Arm und lässt den jetzt müde aussehenden Komissar allein in seinem Büro zurück.

KAPITEL 18
(MÄRZ 2014)

Der Winter will so recht nicht bleiben. Schon der Februar kam warm und mild daher. Es schien, als stehe der Frühling schon in den Startlöchern und könne es gar nicht erwarten, dass der Startschuss fiel. Harald war es recht, so wurden seine Spaziergänge mit Kira angenehmer. Unterwegs konnte er schon die ersten prallen Knospen an Bäumen und Büschen erkennen. Auch ihm geht es wie dem Frühling. Nach Susis Zusage zum Treff ist er wie zu neuem Leben erwacht. Die täglichen Kurierfahrten sind Routine geworden, aber den Helferinnen fällt auf, dass er manchmal ein Lied pfeifend in die Praxis kommt und auch sie mit seiner Fröhlichkeit ansteckt. Sie vermuten eine neue Freundin als Grund für seine Wandlung und spekulieren, wer es denn sein könnte. Aber die Sache mit Franka hatte er schon im alten Jahr abgeschlossen. Jetzt gibt es für ihn nur noch Susi. All seine Energie steckt er in die Vorbereitung ihres Treffens. Sie hatten sich inzwischen nach einigem Hin und Her auf einen Sonntag Anfang Mai geeinigt. Ostern ist inzwischen ins Land gegangen und er hat nur noch drei Wochen Zeit für die Vorbereitung. Nach langem Überlegen, wo er sich denn mit Susi treffen wolle, fällt ihm die kleine Kreisstadt im Spreewald ein. Er kennt sie ziemlich gut. Schon in seiner Jugend war er mit dem Vater sehr häufig dort. Vater hatte sich als Archivar ausführlich mit dem „Liederpastor" beschäftigt und Harald durfte ihn meist begleiten, wenn er in der Kirche, in der der Pastor gepredigt hatte, und im Pfarrhaus seinen Forschungen nachging. Die Lieder des Pastors hatten ihn schon im Konfirmandenunterricht begeistert, er kennt sie fast alle, 137. Jetzt, da die Sonne scheint und die Natur ihr buntestes Kleid angelegt hat, summt er manchmal im Auto vor sich hin: „Geh aus mein Herz und suche Freud …" In der letzten Woche hat er Susi gefragt: *„Kennst Du die kleine Stadt im Spreewald?"* Ihre Antwort überraschte ihn: *„Ja, da war ich schon mal."* Somit schien der Ort festzustehen und Harald schrieb zurück: „*Prima, ich kenn mich da aus.*" In den Folgetagen holt er seine alten Unterlagen aus dem Schrank und liest noch einmal alles, was er über den Liederpastor finden kann, schließlich will er ja Susi die Stadt zeigen und mit seinem Wissen glänzen. Immer wieder, wenn er über die Dörfer fährt und die Arztpraxen abklappert, geht er in seinen Gedanken schon mit Susi durch die kleine Stadt.

KAPITEL 19
(MAI 2014)

Jetzt, am Freitagabend, ist alles vorbereitet, die Fahrkarte hat er sich über das Internet ausgedruckt. Ein paar aktuelle Tipps für Besucher konnte er von der Homepage der Stadt herunterladen und ausdrucken. Seine innere Unruhe und Anspannung versucht er mit einem Bier und einer Zigarette zu unterdrücken. Als der Krimi im Fernsehen gerade seinen Höhepunkt erreicht, summt das iPhone. Susi schreibt: *„Ich freu mich riesig, Dich endlich zu sehen."* Nachdem sich in der letzten Szene abzeichnet, wie der Film ausgeht, schreibt Harald zurück: *„Und ich erst, ich kann es gar nicht erwarten."* Er wartet noch auf den Wetterbericht, der Gott sei Dank schönes Wetter für das Wochenende voraussagt, nimmt die Leine vom Haken und führt Kira noch einmal um den Block.

Die Zeit an diesem Samstag will und will einfach nicht vergehen. Verzweifelt dehnt er seine Runden mit Kira aus und läuft Wege an der Spree entlang, die er noch nie gegangen ist, aber irgendwie muss er die Unruhe, die sich breitmacht, besiegen. Am Nachmittag setzt er sich mit Kira in den Biergarten an der Spree, es ist über den Tag hinweg immer wärmer geworden. Nur mühsam beschränkt er sich auf ein Bier, er weiß inzwischen, dass er bei der Wärme nicht mehr so viel verträgt. Außerdem hat er sich nach seinem Absturz zum Geburtstag geschworen, nie mehr so viel zu trinken. Am späten Abend, nachdem sie sich tagsüber mehrfach über das Wetter und die Sorge, es möge morgen doch nicht zu heiß werden, ausgetauscht haben, nimmt er noch einmal das Handy zur Hand und schreibt an Susi: *„Schlaf gut, ich träum von Dir, bis morgen."* Dann trinkt er doch noch ein Bier, raucht eine letzte Zigarette und geht nach den Spätnachrichten zu Bett. Irgendwann mit den ersten Atemzügen des neuen Tages wacht er schweißgebadet auf. Noch läuft sein Traum wie ein Film in seinem Kopf ab. Er sieht sich Arm in Arm mit Susi durch die Stadt gehen, wie sie vor der bekannten Kirche stehen und Susi andächtig seinen Erzählungen lauscht. Es sieht sie beide eng umschlungen durch das Heckenlabyrinth schlendern und er fühlt fast körperlich, wie er sie in den Arm nimmt und küsst. Eine Woge der Erregung überrollt ihn und setzt sich in seinen Lenden fest. Verwirrt schaut Harald auf die Uhr. Vier Uhr, noch zu früh, um aufzustehen. Jetzt ist er wieder bei sich. Er dreht sich noch einmal um und versucht zu schlafen. Aber er findet den Schlaf nicht mehr. Nach einem Dahindösen zwischen Traum und Wachsein steht er schließlich um sechs Uhr auf. Kira ist völlig überrascht, dass er heut schon so früh mit ihr raus möchte und vollführt wahre Freudensprünge. Nach der Rückkehr nimmt Harald eine ausführliche Dusche, wäscht seine Haare zweimal und ärgert sich. Eigentlich hatte er noch zum Friseur gewollt, aber es irgendwie verschlampt. Er rasiert sich gründlich und betrachtet dabei nachdenklich sein Gesicht. Ob sie mir wohl mein Alter ansieht, fragt er sich, während er seinem Gesicht eine zu reichliche Portion Rasierwasser angedeihen lässt. In der letzten Woche hat er fast sein Sparbuch abgeräumt und sich bei einem Herrenausstatter einkleiden lassen. Ein neues Hemd, eine enge helle Jeans und dazu passend eine Jeansjacke. Nur für neue Schuhe hat es nicht mehr gereicht, schließlich will er Susi ja ausführen und die Fahrkarte war auch nicht ganz billig. So muss halt das einzige Paar hellbrauner Schuhe, das im Regal steht, ausreichen. Zumindest hat er es gestern Abend noch einmal gründlich geputzt.

Nachdem er den Frühstückstisch abgeräumt hat, stellt er ausreichend Futter und Wasser für Kira in die Küche, die ihn fragend ansieht. „Schau nicht so, altes Mädchen. Dauert heut etwas länger. Aber mach dir keine Sorgen, heut Abend bin ich wieder da." Dann ruft er ein Taxi und verlässt die Wohnung.

KAPITEL 20
(MAI 2014)

Als der Wecker klingelt, kitzelt ein erster Sonnenstrahl Susis Stupsnase. Schnell springt sie aus dem Bett und öffnet weit das Fenster. Frische, kühle Morgenluft strömt herein. Was für ein herrlicher Maienmorgen, die Sonne lacht ihr ins Gesicht und der Vorgarten am Haus gegenüber strahlt in den leuchtendsten Farben. Erwartung macht sich breit. Heute nun endlich wird sie ihn treffen. Am Freitag hatte sie den Wochenendeinkauf für ihre Mutter erledigt und sich noch auf eine Tasse Tee eingelassen. Irgendwie musste sie Mutti beibringen, dass sie am Wochenende nicht da sein würde. Schon die vage Ankündigung, dass sie sich mit dem Mann aus dem Spiel treffen würde, hatte einen Schwall erneuter Vorhaltungen zur Folge. Geflissentlich überging sie Mutters Frage nach dem Ort des Treffens und versuchte sie zu beruhigen. „Reg dich doch nicht so auf, Mutti, du vergisst immer wieder, dass ich schon erwachsen bin. Ich bin doch nicht aus der Welt und am Sonntagabend bin ich wieder hier." „Ja, und ich sitz bei dem schönen Wetter das ganze Wochenende hier allein." Beleidigt schaute ihre Mutter aus dem Fenster. „Aber Mutti, Du kannst doch runtergehen auf den Hof und dich in die Sonne setzen, so krank bist du doch wiederum auch nicht." Die Mutter sah noch immer stur aus dem Fenster. „Außerdem, schau hier, ich habe dir einen ganzen Stapel Zeitungen mitgebracht." Sie verabschiedete sich schnell und im Hinausgehen rief sie der Mutter noch zu. „Und du weißt, ich hab mein Handy immer dabei, wenn etwas ist, kannst du mich anrufen."

Den Samstag hatte sie damit verbracht, die Wohnung aufzuräumen und lange und ausführlich ihren Kleiderschrank nach den Sachen zu durchforsten, die sie heute anziehen würde. Jetzt liegen sie griffbereit auf dem Stuhl und warten darauf, sie zu kleiden. Am Nachmittag hatte sie lange am PC gesessen, um eine vernünftige Bahnverbindung zu finden. Leider ging es nicht, ohne zweimal umsteigen zu müssen, dafür konnte sie in zwei Stunden schon am Ziel sein. Nachdem sie ihre Fahrkarte einschließlich Rückfahrt gebucht hatte, ließ sie sich durch den Rest des Tages treiben. Bevor sie ins Bad ging, hatte sie Moki noch eine Nachricht hinterlassen: *„Ich freu mich riesig, Dich endlich zu sehen."* Als sie gerade zu Bett gehen wollte, kam seine Antwort: *„Und ich erst, ich kann es gar nicht erwarten."*

Jetzt, nachdem sie die Morgentoilette beendet und den Frühstückstisch gedeckt hat, fällt ihr Blick auf das iPhone in der Ladestation. Sie nimmt es heraus und sieht Mokis Nachricht: *„Schlaf gut, ich träum von Dir, bis morgen."* Sie lächelt still in sich hinein, zu spät denkt sie, da hab ich wohl schon geschlafen. Ein Blick auf die Uhr verrät ihr, dass die Zeit gnadenlos den Takt vorgibt. Schnell noch ein Toastbrot zur Stärkung, dann schnappt sie ihre Umhängetasche und das iPhone und macht sich auf den langen Weg zum Bahnhof.

KAPITEL 21
(MAI 2014)

Es ist kurz vor zehn und Harald läuft ungeduldig den Bahnsteig auf und ab. Gefühlte hundert Mal hat er die Ankunftstafel studiert. Ihr Zug müsste jeden Moment einlaufen. Es liegt schon jetzt eine eigenartige Schwüle in der Luft und erste Schweißperlen machen sich unter der Achsel bemerkbar. Auch das noch. Früher war das so, als er seine ersten heimlichen Dates mit Mädels hatte, kam er ständig mit völlig durchgeschwitztem Hemd nach Hause. Später hat es sich gelegt, und nun? Was soll sie denn denken, wenn er sie völlig verschwitzt in den Arm nimmt? Vorsichtig legt er die einzelne in Folie verpackte Rose, die er beim Umsteigen in Cottbus noch schnell gekauft hat, auf eine Bank, zieht seine Jacke aus und legt sie daneben. In diesem Moment kündigt der Lautsprecher die Einfahrt des Regionalexpresses aus Königs Wusterhausen an. Die Jacke über dem Arm und krampfhaft die Rose in der Hand haltend, hofft er, dass der Fahrtwind des einrollenden Zuges seine Schweißflecken trocknet. Erwartungsvoll lässt er den Strom der Tagestouristen aus der Hauptstadt an sich vorüberziehen, immer auf der Suche nach ihr, seiner Traumfrau. Fast am Ende der Menschenschlange bemerkt er eine gut aussehende junge Frau in hellblauen Jeans und einer hellen Jacke, die zögernd den Bahnsteig entlang dem Ausgang zustrebt und Ausschau hält. Sollte sie das sein? Aber wieso zieht sie das linke Bein so komisch hinterher, davon hat sie nie etwas geschrieben. Zögernd geht er auf sie zu: „Hallo, bist du Susi?" Susi nickt vorsichtig und ihr Blick gleitet unauffällig über diesen Mann, der da so verlegen mit einer Rose in der Hand vor ihr steht. Na ja, gut sieht er ja aus, geht es ihr durch den Kopf. Groß, kräftig, gut angezogen. Nur die langen schwarzen Haare passen nicht so recht ins Bild. Außerdem scheint er doch wesentlich älter zu sein als sie. „Ja, ich bin Susi", beantwortet sie seine Frage und bemüht sich, ihre Stimme kräftig erscheinen zu lassen. Sie reicht ihm die Hand. Er aber versucht sie mit der

Jacke über dem Arm und der Rose in der Hand zu umarmen. Dabei weht ihr ein Gemisch aus Bierdunst und Nikotin entgegen. Geschmeidig dreht sie sich zur Seite und reicht ihm nochmals die Hand. Mit einem kräftigen Druck begrüßt sie ihn, wobei er ihr vorsichtig die Rose reicht. „Hab ich dir mitgebracht", murmelt er verlegen, „sozusagen als Erkennungszeichen." Sie bedankt sich kurz und denkt dabei, so ein Quatsch, soll ich jetzt den ganzen Tag hier mit einer Rose in der Hand herumlaufen? Das ist doch peinlich. Sie steckt die Rose so in ihre Umhängetasche, dass nur noch die Blüte herausschaut. Harald ist irritiert, so hatte er sich die Begrüßung nicht vorgestellt, sie hat doch geschrieben, wie sehr sie sich freue. „Schön, dass du da bist", fängt er sich wieder, „lass uns erst einmal in die Stadt gehen." Er will sie am Arm fassen, aber Susi macht einen Schritt zur Seite: „Lass mal, ist ziemlich warm heute." Der Weg in die Stadt ist lang und die Schwüle des Vormittags lastet auf ihnen. Schweigend gehen sie eine Weile nebeneinander. Harald beschleicht eine erste Enttäuschung. Scheinbar weiß er doch nicht alles. Wieso hinkt sie? Und wenn er bei seinem Versuch der Umarmung richtig gesehen hat, war da eine breite Narbe auf der Stirn unter ihrem Pony versteckt. Susi hingegen schaut sich aufmerksam um. Es ist Jahre her, dass sie mit Matthias hier war. Es hat sich viel getan, es ist heller geworden in der Stadt und freundlicher. Die Straßen sind sauber, die Grünanlagen gepflegt und überall in den Vorgärten blüht es bunt. Mit kurzen Blicken taxiert sie den Mann an ihrer Seite. Das mit dem guten Mittelalter schien wohl sehr übertrieben, da liegen doch bestimmt zehn Jahre zwischen ihnen. Der nächste Blick gilt seinen Haaren. Sie scheinen frisch gewaschen, aber viel zu lang und ungepflegt, der hätte ruhig mal vorher zum Friseur gehen sollen, denkt sie verstohlen. Vorsichtig fasst Harald nach ihrer Hand. Nur zögernd überlässt sie ihm diese. Er scheint ja doch sehr zurückhaltend zu sein und schließlich will sie ihn ja kennen lernen. Dennoch fühlt sie sich unwohl, als seine schweißige Hand die ihre mit einem viel zu festen Druck umspannt. Ein zärtlicher Mann fasst anders zu, denkt sie. Aber jetzt wäre die richtige Gelegenheit ihn zu fragen: „Sag mal, wie heißt du eigentlich richtig? Moki ist doch sicher nur ein

Spitzname." Harald schreckt aus seinen Gedanken hoch, etwas beunruhigt ihn. Irgendwie läuft das hier alles anders als in den Tagträumen der letzten Wochen und Tage. Er bleibt stehen, schaut sie nachdenklich an, ja jetzt sieht er wieder ein Stück der Narbe unter dem Pony. „Du hast recht, Susi", er versucht ein Lächeln und macht einen Schritt auf sie zu, ohne ihre Hand loszulassen. „Ich heiße Harald, Moki hab ich mir nur ausgedacht." Er blickt sie kurz an: „Und du heißt wirklich Susi?" „Na klar, warum soll ich mir denn einen anderen Namen zulegen? Meiner gefällt mir." Sie macht einen Schritt zur Seite, so dass sie wieder nebeneinander gehen müssen. Dabei zieht sie geschickt ihre Hand aus der seinen und wischt sie heimlich an ihrer Hose ab.

Inzwischen sind sie auf dem Kirchplatz angekommen und stehen vor der Kirche mit dem gewaltigen hellen quadratischen Turm und seinem achteckigen Aufsatz, der jetzt in der Sonne leuchtet, als würde er von unsichtbaren Scheinwerfern angestrahlt. An die Kirche kann sich Susi nicht erinnern, als sie damals, am Anfang ihrer Ehe mit Matthias, hier war, waren sie am Schloss und sind dann ein Stück mit dem Kahn durch den Spreewald gefahren. Harald aber ist jetzt in seinem Element. Wortreich erklärt er Susi alles, was er über den Bau der Kirche weiß und vor allem über ihren bekanntesten Pastor, den „Liederpastor". Susi ist überrascht, dieser Mann, der äußerlich so gar nicht in ihre Traumbilder passt, scheint doch eine Menge zu wissen. Harald geht richtig auf, wenn er so lebendig über das Leben des Pastors und seiner Haushälterin berichtet, vor allem aber über dessen Lieder. „Einhundertsiebenunddreißig Lieder hat dieser Mann in seinem Leben geschrieben, stell dir das einmal vor." Ehe Susi überhaupt ein Wort sagen kann, fährt er fort: „Einige seiner Lieder hat Bach sogar in seinem Weihnachtsoratorium und in der Matthäuspassion verwendet, ist das nicht toll?" Susi weiß nicht so recht, was sie antworten soll. Natürlich kennt sie das Weihnachtsoratorium von Johann Sebastian Bach, aber außer einigen Auszügen, die sie zu Weihnachten mal im Fernsehen gehört hat, sagt es ihr nicht so viel. Ihr Vater war zu seinen Lebzeiten ein überzeugter Genosse der Sozialistischen Einheitspartei der DDR und Religion war für ihn „Opium für das Volk". So hatte sie es auch in der Schule gelernt. Folgerichtig hatte sie nie eine Kirche von innen gesehen, außer wenn sie im Urlaub mal eine besichtigt hat. Als Tochter des Genossen Kaltner war es völlig klar, dass sie auch nach der Wende statt der Konfirmation die Jugendweihe absolvierte. Sie und Caro waren zwar die einzigen, alle anderen hatten sich für die Konfirmation entschieden. Das „machte man jetzt so" in der neuen Welt. Sollte sie Harald das jetzt eingestehen? Wohl besser nicht, er ist so euphorisch in seinem Vortrag, dass sie es bei einem „Ist schon erstaunlich, was der Mann so geleistet hat" belässt. Harald spürt instinktiv, dass diese Frau seine Begeisterung nicht teilen kann, und ein weiteres Quantum Enttäuschung hakt sich in seiner Gedankenwelt fest. Es geht auf Mittag zu und es scheint immer heißer zu werden. Längst hat Harald seine Jacke nur noch über dem Arm hängen, dennoch färben Schweißflecken sein Hemd, was Susi nicht entgeht. Sie versucht diskret Abstand zu halten, denn nicht nur die Flecken, sondern auch ein nicht zu umgehender säuerlicher Schweißgeruch zeugt von Haralds innerem Zustand. Der jedoch ist so in seinem Element, dass er es nicht mehr zu bemerken scheint. Hat er denn kein Deospray?, denkt Susi leicht angewidert, während Harald sie auffordert: „Komm, wir gehen mal an die Vorderseite." Dort zeigt er ihr das Denkmal des Pastors und geht ihr voran auf den Eingang zu. Auch das noch, denkt sie, wagt aber nicht zu widersprechen. Drinnen ist sie doch froh, ihm gefolgt zu sein. Eine angenehme Frische empfängt sie in dem gewaltigen dreischiffigen Innenraum. Der Kontrast zu der Hitze draußen ist so groß, dass Harald sogar seine Jacke wieder überzieht. Dann zeigt er ihr das Innere der Kirche, geht vor zum Altar und erzählt ihr, dass die Kirche schon fast einhundertundzwanzig Jahre hier steht und der Altaraufsatz ein besonderer ist, weil aus Kalkstein gefertigt. Dann erklärt er ihr ausführlich die Szenen aus dem Leben Jesu. Für Susi sind das alles „böhmische Dörfer", auch wenn sie Haralds Erzählungen interessant findet. Er scheint in dieser Welt aufzugehen. „Woher weißt du denn das alles?", fragt sie ihn. Etwas Bewunderung in ihrer Stimme versöhnt Harald und schon ist er wieder dabei, ihr ausschweifend seine Familiengeschichte zu erzählen, vor allem der Vater und die vielen Fahrten, auf denen Harald ihn begleiten durfte, spielen dabei eine Rolle. Als sie durch das große Portal die Kirche wieder verlassen, fällt die Hitze wie ein großer, schwerer Mantel über sie. „Lass uns etwas essen gehen", fordert Harald sie auf. „Ich kenne da ein gutes Restaurant am Rand der Schlossinsel unter einigen großen Bäumen, da ist es sicher etwas angenehmer." Susi stimmt freudig zu. „Oh ja, eine gute Idee, und ein bisschen Hunger hab ich auch." Haralds Stimmung lichtet sich wieder, sie hat ihm so bewundernd zugehört, vielleicht schafft er es ja doch noch, ihr ein wenig näherzukommen. Wenigstens küssen wie in seinen vielen Träumen möchte er sie doch.

Im Restaurant ist es jetzt am Sonntagmittag rappelvoll. Nachdem Susi den Kellner freundlich angelächelt hat, findet er nach einigem Suchen sogar noch einen kleinen Tisch in der Ecke. Von hier aus haben sie einen schönen Blick in den Park. Endlich einmal sitzen, Susi atmet tief durch. „Es ist angenehm frisch hier, richtig wohltuend", entfährt es ihr. Harald hat seine Jacke über den Stuhl gehängt und wieder bleibt Susis Blick an den tiefdunklen Flecken seines Hemdes hängen. „Ja, das tut gut", antwortet er, „ich denke, die haben hier eine Klimaanlage." Indessen hat der Kellner die Karten gebracht und fragt nach ihren Getränkewünschen. Am liebsten würde Harald sich jetzt ein kühles Bier bestellen, aber er traut sich nicht, vielleicht hat sie etwas gegen Alkohol und dann schmeckt sein Kuss nachher nach Bier. Schon wieder dieses kaum zu unterdrückende Bedürfnis. Er bestellt ein Tonic, wenigstens ein Gefühl von Alkohol. Susi möchte gern ein Glas Wasser mit einem Spritzer Zitrone. „Geht das?", fragt sie den Kellner. „Selbstverständlich, gnädige Frau." Der Kellner grinst sie unverhohlen an und entschwindet. Während beide die Speisekarte studieren, zieht Susi eine erste Bilanz. Er ist ja so ganz nett und scheint auch ziemlich intelligent zu sein, aber sein wenig gepflegtes Äußeres gefällt ihr nicht. Jetzt, wo er in der Karte blättert, sieht sie seine gelben Fingerspitzen und seine brüchigen Fingernägel. Also hat sie sich am Bahnhof nicht getäuscht, er scheint auch noch ein starker Raucher zu sein und das, wo Rauchen ihr schon immer ein Gräuel war. Matthias hatte damals ihretwegen aufgehört damit, sonst hätte sie ihn wahrscheinlich nicht geheiratet. Langsam werden Zweifel in ihr wach, ob es richtig war, sich auf dieses Treffen einzulassen. Harald legt inzwischen die Karte beiseite. „Ich glaub, ich weiß schon, was ich esse, und du?" Susi zögert: „Ich bin mir noch nicht ganz sicher, aber die haben hier Forelle nach Müllerinart, ich denke, die nehme ich." Der Kellner steht mit den Getränken wieder am Tisch: „Entschuldigung, die Herrschaften, hat etwas gedauert, aber Sie sehen ja, was hier los ist." Damit stellt er die Getränke ab und mit einem ironischen Kommentar: „So bitte, ein Glas Wasser mit einem Spritzer Zitrone für die Dame", serviert er Susi das Getränk. „Haben die Herrschaften schon gewählt?" Harald bestellt für sich ein Steak medium und für Susi die Forelle. Mit einem „Sehr wohl, die Herrschaften" ist der Kellner schon wieder entschwunden. Nach einer Weile des Schweigens blickt Susi Harald an und fordert ihn auf: „Erzähl doch mal was von dir." Harald hatte in seiner Phantasie schon wieder ein Szenario durchgespielt, wie es ihm nachher gelingen könnte, sich Susi zu nähern. Jetzt schreckt er auf und eine leichte Röte überzieht sein Gesicht. Susi ist überrascht, schau mal an, der kann ja rot werden, scheint ja wirklich schüchtern zu sein. „Was soll ich da erzählen?", meldet sich Harald. „Du weißt doch schon alles." „Alles wohl sicher nicht, deinen richtigen Namen hast du mir ja auch verschwiegen", antwortet Susi. „Leg einfach mal los", fordert sie ihn auf. „Na ja, meinen richtigen Namen kennst du ja jetzt und wo ich wohne, weißt du auch. Ich war mal verheiratet, aber das ist lange her. Ich habe zwei Kinder, die aber bei der Mutter wohnen. Ich wohne jetzt allein in einem Plattenbau." „Und deine Arbeit als Ingenieur im Kraftwerk ist doch sicher interessant?", will Susi wissen. Wieder schießt eine diesmal heftige Röte in sein Gesicht. Er fühlt sich ertappt, zögert eine Weile und denkt, na ja irgendwann muss es ja doch raus: „Ja weißt du, das mit dem Kraftwerk ist nicht mehr. Nachdem immer mehr darüber diskutiert wird, die Kohleförderung einzustellen, hat das Kraftwerk einige Leute entlassen, auch mich." Wieder so eine dunkle Stelle, von der Susi nichts weiß. „Das ist ja schrecklich. Und nun? Bist du arbeitslos?", fragt sie ihn. „Nee, nee, mach dir mal keine Sorgen, ich arbeite jetzt bei einem Kurierdienst." „Und was machst du da?", fragt Susi interessiert nach. „Da bist du doch sicher viel unterwegs?" „Ja, aber das ist gut organisiert. Wir holen für ein medizinisches Labor die Blutproben aus den Arztpraxen und verteilen die Laborbefunde. Da hat jeder seine feste Tour und ziemlich geregelte Arbeitszeiten." „Oh, das ist ja toll, da hast du bestimmt viel Kontakt zu Menschen. Bei mir ist das anders, ich sitze meist im Büro." „Erzähl mal", fordert Harald sie auf. In dem Moment schwebt der Kellner mit zwei duftenden Tellern an den Tisch und serviert das Essen. Harald ordert noch einmal Getränke nach und dann vertiefen sich beide schweigend in ihre Mahlzeiten. Nachdem sein Teller leer ist, lehnt sich Harald gesättigt zurück und fragt: „Möchtest du einen Nachtisch? Einen Eisbecher vielleicht?" Susi, noch immer mit den Resten ihrer Forelle beschäftigt, schaut auf: „Oh, du bist schon fertig? Nein, lass mal, ich bin so satt, da geht nichts mehr." „Na dann vielleicht einen Kaffee?", hakt Harald nach. „Ja, das ist gut, das macht munter", antwortet sie. Der Kellner räumt die leeren Teller ab, während Harald zwei Kaffee bestellt. Beim Kaffee greift Susi das Gespräch wieder auf und erzählt ausführlich von ihrer Arbeit im Supermarkt, den Problemen mit ihrer Mutter. Als sie auf ihre Freundschaft mit Carola und deren Tod zu sprechen kommt, wird der Klang ihrer Stimme traurig und sie hat Mühe, ihre Tränen zu unterdrücken. Für Harald die willkommene Gelegenheit, den Tröster zu spielen. Er rückt näher heran, nimmt ihre Hand in die seine und streichelt ihren Arm. Susi lässt es geschehen, aber als sie sich wieder gefasst hat, entzieht sie sich ihm. Harald bezahlt und sie verlassen das Lokal. Vor der Tür erschlägt es sie fast. Drückende Hitze überfällt sie. Die Sonne scheint sich einen Schleier vors Gesicht gezogen zu haben und im Osten steht eine drohende schwarze Wand hinter dem Spreewald. „Eigentlich wollte ich dir jetzt das Schloss zeigen." Harald blickt zum Himmel. „Aber das können wir nachher machen, falls es zu regnen anfängt. Lass uns mal jetzt nach dem reichlichen Essen ein Stück durch den Park gehen." Harald greift nach ihrer Hand und sie lässt es diesmal geschehen. Hand in Hand laufen sie über die mit rotem Kies frisch gestalteten Wege und Harald erklärt ihr, dass der Park vor kurzem zum Weltkulturerbe ernannt wurde. Während sie noch immer Händchen haltend unter einer Glocke schwüler Luft dahinschlendern, baut sich in Haralds Innerem eine kaum zu beherrschende Erregung auf. Wieder befallen ihn seine Träume der einsamen Nächte. Er möchte, nein, er muss endlich Susi fest in den Arm nehmen, sie berühren und küssen, wenigstens das. Susi merkt von alledem wenig, aber sie spürt, wie der Schweiß durch seine Handflächen rinnt und versucht vorsichtig ihre Hand zu lösen. Kurz bevor der Weg eine Schleife macht, kommen sie an einem seltsamen Gebilde vorbei. „Das ist ein aus Hecken gepflanztes Labyrinth", erklärt ihr Harald. „Komm, lass und da mal durchgehen, da gibt es sicher auch Schatten." Nur widerwillig folgt sie ihm, es ist vor Schwüle kaum noch auszuhalten und die Sonne ist längst hinter den dunklen Wolken verschwunden. „Wir sollten lieber umkehren, es fängt bestimmt gleich an zu regnen." „Ach was, das zieht vorbei", Harald hat schon wieder ihre Hand in der seinen und führt sie durch die schmalen Wege des Labyrinths. Plötzlich bleibt er stehen, zieht sie an sich und nähert sich ihrem Gesicht. Sie schiebt ihn erschrocken zurück: „Nein, lass das, was soll das denn?" Wieder schießt die Röte in sein Gesicht, diesmal ist es nicht Verlegenheit, sondern Ärger. Harald versucht ihn zu unterdrücken, aber die Wut wächst in ihm. Wieso stellt die sich so an? Die muss doch wissen, worauf sie sich einlässt, schließlich hat sie sich doch auf das Treffen gefreut. Der Klang seiner Stimme kann den Ärger nicht verbergen: „Nun hab dich doch nicht so, wir kennen uns doch lange genug." „Ja, aber das muss doch nicht so schnell gehen, wir sehen uns doch heut zum ersten Mal", antwortet Susi zögernd. Schweigend verlassen sie das Labyrinth. In der Kehre des Wegs bleibt Harald stehen, die Sonne ist längst verschwunden und ein frischer Wind kündigt das nahende Gewitter an. Erste Blitze zucken schon über der Stadt und sie hören das Grollen. Harald kann seine Erregung jetzt nicht mehr unterdrücken. Er fasst Susi an beiden Armen, zieht sie hart an sich, drückt seinen Mund auf ihren und fährt mit einer

Hand in ihre Bluse und unter den BH. Verzweifelt versucht sich Susi zu wehren, es gelingt ihr kurz sich zu befreien und sie will wegrennen. Doch sofort hat Harald sie wieder an sich gerissen. Jetzt will er es wissen. Susi fängt an zu schreien. Harald hält ihr mit einer Hand den Mund zu und sieht sich um. Er entdeckt direkt neben sich einen kaum sichtbaren Trampelpfad im Gebüsch, auf dem wahrscheinlich Angler den Spreebogen erreichen. Kräftig zieht er sie einige Meter dort hinein und versucht wieder ihre Bluse zu öffnen. Susi wehrt sich noch immer und es gelingt ihr in den Finger der Hand zu beißen, mit der Harald ihr krampfhaft den Mund zuhält. Jetzt rastet er völlig aus. Mit beiden Händen fasst er ihren Hals und all seine Enttäuschung und Wut nähren die Kraft seiner Hände. Zappelnd und strampelnd versucht sich Susi zu befreien, aber der Griff an ihrem Hals ist wie ein Schraubstock. Der letzte Gedanke, der sie erreicht, ist der an ihre Mutter. Dann knicken ihre Beine weg und sie hängt schlaff wie eine Schaufensterpuppe in Haralds festem Griff. Der erwacht plötzlich wie aus einer Trance, blickt in Susis aufgerissene, leere Augen und sieht den offenen Mund mit der heraushängenden blauen Zunge. Erschreckt stößt er sie von sich ins Gebüsch und rennt zurück auf den Weg. Ein greller Blitz und ein gewaltiger Donnerschlag öffnen die Schleusen des Himmels und es beginnt übergangslos zu regnen.

KAPITEL 22
(MAI 2014)

Harald stürmt aus dem Gebüsch, rennt, ohne sich umzusehen, auf dem Kiesweg weiter in Richtung Ausgang. An der Ecke des Labyrinths schießt ihm ein Gedanke in den Kopf und er bleibt abrupt stehen. Mühsam versucht er einen klaren Gedanken zu fassen, während der Gewitterguss in Strömen über ihn fließt. Jetzt erst schaut er sich um, im Park ist kein Mensch mehr zu sehen, alle Besucher sind längst vor dem Gewitter geflüchtet. Harald hat das Gefühl, etwas vergessen zu haben. Vorsichtig schleicht er noch einmal zurück. Der Anblick der toten Frau am Boden lässt ihn erneut erschauern, noch immer kann er nicht begreifen, was da geschehen ist. Er blickt kurz auf das Geschehen, ja, das war es. Susis Tasche. Sie ist bei dem Kampf von ihrer Schulter gerutscht und liegt jetzt mit einem Riemen unter ihrem Arm. Vorsichtig zieht er sie hervor, hält sie krampfhaft vor die Brust und tritt den Rückweg an. Während er, sich immer wieder umsehend, dicht an den Hecken am Wegesrand entlangschleicht, inspiziert er den Inhalt der Tasche. Portemonnaie und Handy steckt er in seine Hosentaschen. Mehr persönliche Dinge scheint die Tasche nicht zu enthalten und kurz bevor er den Park verlässt, wirft er sie in hohem Bogen hinter mehrere große Rhododendronbüsche, die gerade in voller Blütenpracht stehen und sich jetzt unter dem Regen wegducken. Die Jacke über den Kopf gezogen, macht sich Harald eiligen Schrittes auf den Weg zum Bahnhof. Es gießt noch immer in vollen Strömen, die Straßen sind an einigen Stellen überflutet, weil die Kanalisation die Wassermassen nicht mehr bewältigen kann. Kein Mensch ist zu sehen, nur wenige Autos schleichen mit heftigst arbeitenden Scheibenwischern, hohe Wasserfontänen auf den Bürgersteig schießend die Straße entlang. Völlig durchnässt erreicht er schließlich den Bahnhof. Ein einziger Gedanke beherrscht ihn, weg, nur weg von hier. Er studiert die Abfahrtspläne. Zum Glück fährt in zwanzig Minuten der nächste Zug in Richtung

Cottbus. Die Halle im Empfangsgebäude ist voll, viele Touristen sind, wie er, vor dem Regen hierher geflüchtet und warten nun darauf, den Rückweg antreten zu können. Der Dunst durchnässter Kleider erfüllt den Raum. Am Rande der Halle entdeckt Harald einen Kiosk. Er kauft einen heißen Kaffee und eine Taschenflasche Wodka. Dann zieht er sich in eine ruhige Ecke zurück. Die Vorstellung, jeder könnte ihm ansehen, was er soeben getan hat, bringt ihn fast an den Rand der Verzweiflung. In kurzen Zügen füllt er im Wechsel seinen Magen mit heißem Kaffee und kühlem Wodka. Eine wohlige Wärme macht sich breit und er fällt in einen Zustand, in dem er seine Umgebung nur noch wie in einem Slow-Motion-Film wahrnimmt, der an ihm vorüberzieht. Fast hätte er dabei die Ansage seines Zuges verpasst. Nun sitzt er auf einem Fensterplatz in dem fast völlig ausgelasteten Zug. Teilnahmslos und geistig abwesend lässt er die Landschaft an sich vorüberziehen. Alles Grün hat sich aufgerichtet und reckt sich dem lang ersehnten Regen entgegen. Der Zugbegleiter muss ihn zweimal ansprechen, ehe er zur Wirklichkeit zurückfindet und ihm seine Fahrkarte reichen kann. Dabei rutscht ihm fast das Portemonnaie von Susi aus der Tasche. Wenig später füllt ein Handyton den Raum, das ist nicht meines, denkt er, spürt aber zugleich das Vibrieren in seiner Hosentasche. Vorsichtig zieht er das rote Etui aus der Tasche und klappt es auf. „Mama" steht auf dem Display. Schnell drückt er das Gespräch weg und steckt das Gerät wieder ein. In kurzen Wellen erobern lichte Momente sein Bewusstsein zurück. Ich muss etwas tun, ich muss das Zeug loswerden. Er steht auf und geht zur Toilette. Als Erstes nimmt er sich das Portemonnaie vor, Susis Ausweis, die EC-Karte und ihren Versicherungsausweis lässt er unberührt, die etwa sechzig Euro Bargeld nimmt er an sich. Dann öffnet er den Toilettendeckel, wirft die Börse hinein und betätigt die Spülung. Wieder klingelt das Handy in seiner Tasche und erneut ist es „Mama", was mag die wohl wollen? Er kramt in seiner Tasche und spürt die Büroklammer eines ehemaligen Laborbefundes, das ist es. Damit drückt er die SIM-Karte aus dem Gerät, wickelt sie in Toilettenpapier und entsorgt sie auf die gleiche Weise. Nun fühlt er sich leichter. Das Handy selbst steckt er erst einmal in seine Jacke. Auf dem Platz angekommen, stellt er erstaunt fest, dass der Regen aufgehört hat. Während der Zug in den Cottbuser Hauptbahnhof rollt, strahlt die Sonne schon wieder aus einem leuchtend blauen Himmel.

Hier angekommen, informiert er sich erst einmal über die Möglichkeiten der Weiterfahrt. Vierzig Minuten muss er warten, bevor er endlich in Richtung Heimat fahren kann. Harald geht vor den Bahnhof, die Sonne wärmt und trocknet seine noch immer nassen Klamotten. An einem Kiosk kauft er sich eine Bratwurst, ein Bier und noch einen Flachmann. Damit setzt er sich am Rande des großen Parkplatzes auf eine Bank. Nach einer Weile, die Bratwurst ist gegessen, die Bierbüchse liegt leer hinter der Bank und der Flachmann hat nur noch die Hälfte seines Inhalts, spürt Harald den Druck auf der Blase. Er schlägt sich ins Gebüsch und erleichtert sich. Während er versonnen dem Strahl hinterhersieht, fällt ihm das Handy wieder ein. Hier wäre ein geeigneter Platz. In dem Gebüsch sieht es aus wie auf einer Müllhalde und er wirft es weit hinein. Nun trägt er nichts mehr bei sich, was ihn mit dieser Frau in Verbindung bringen könnte.

Zu Hause angekommen, empfängt ihn Kira stürmisch und springt an ihm hoch. „Ist ja gut, altes Mädel, ich bin ja wieder da." Und als sie immer noch wie wild um ihn herumtobt, tröstet er sie: „Ja, wir gehen ja gleich, gib mir mal noch etwas Zeit." Dann brüht er sich einen starken Kaffee, in der Hoffnung den Kopf wieder klar zu bekommen. Danach macht er einen langen Spaziergang mit Kira an der Spree entlang.

Obwohl er sich vor dem Zu-Bett-Gehen noch zwei Bierchen eingeflößt hat, schläft Harald unruhig. Immer wieder schreckt er hoch und sieht in die großen, leeren Augen dieser Frau, die doch seine Traumfrau sein sollte.

KAPITEL 23
(JULI 2014)

Der Juni war heiß und trocken. Die Spree ist nur noch ein dreckiges braunes Rinnsal und alle Welt stöhnt unter der Hitze. Ende des Monats hatte sie Klaus-Peter, ihren Einsatzleiter, zu einer Fahrerbesprechnung eingeladen und ihnen zum Ende fast nebenbei mitgeteilt, dass er in den Ruhestand gehen werde und sie ab dem 1. Juli eine neue Chefin bekommen würden. Ein allgemeines Raunen ging durch den Raum, auch das noch, eine Frau als Chefin. Die Fahrer mochten Klaus-Peter, er war ein ruhiger Chef, der alles im Griff hatte, immer ein freundliches Wort parat und wenn es mal Probleme gab, konnte er einen freundlich, aber bestimmt zur Seite nehmen. Nie gab es irgendwelchen Zoff mit ihm. Nun also eine Frau, alle waren gespannt.

Schon zu Beginn der Frühtour des nächsten Tages stand eine schlanke kräftige Frau mit langen, zum Zopf gebundenen Haaren und einer Brille mit rotem Plastikgestell am Eingang. Sie begrüßte jeden Fahrer mit Handschlag und stellte sich als Judith Retzmann vor. Für den Nachmittag beraumte sie eine Fahrerbesprechung an. Gespannt saßen alle in dem kleinen, viel zu engen Aufenthaltsraum. Frau Retzmann stellte sich nochmals offiziell vor: „Also meine Herren, wie Sie ja schon wissen, heiße ich Judith Retzmann, ich habe fünf Semester Betriebswirtschaft studiert und die letzten drei Jahre als Einsatzleiterin in einem großen Logistikunternehmen gearbeitet." Die Fahrer schauten nachdenklich in ihre Kaffeetassen. Die Frau machte einen taffen Eindruck. Von der Gemütlichkeit Klaus-Peters würden sie sich wohl verabschieden müssen. Jetzt spürten sie den Hauch eines neuen Windes um die Ecke wehen. Frau Retzmann fuhr fort: „Vielleicht hat ja der eine oder andere schon mitbekommen, dass ich schon seit drei Wochen hier im Unternehmen bin. Ich habe die Zeit genutzt, mich in den Praxen vorzustellen und mich mit den Helferinnen zu unterhalten." Die Fahrer hoben aufmerksam ihre Köpfe, das fängt ja gut an, wie kann die denn hinter unserem Rücken die Helferinnen ausfragen? Judith Retzmann redete unbeeindruckt weiter: „Meine Herren, es wird sich in Zukunft einiges ändern müssen. Unsere Devise heißt: Sie sind das Aushängeschild und die Visitenkarte des Labors, für das wir tätig sind. Vergessen Sie das bitte nie. Meine Recherchen haben ergeben, dass die Praxen im Wesentlichen mit Ihrer Arbeit zufrieden sind." Die Fahrer atmeten auf, sahen sich gegenseitig an, was geht denn da ab? „Dennoch habe ich auch kritische Töne zur Kenntnis nehmen müssen. Sie betreffen vor allem das äußere Erscheinungsbild einiger Kollegen und ihr Auftreten in der Praxis. Daran werden wir arbeiten müssen. Als Erstes hat das Unternehmen für jeden von Ihnen einheitliche Berufskleidung angeschafft, die ich Ihnen morgen früh aushändigen werde. Ansonsten erwarte ich ab sofort ein korrektes Äußeres zu Dienstbeginn. Ich setze als selbstverständlich voraus, dass Alkohol im Dienst tabu ist, das gilt natürlich auch für Restalkohol und ab sofort ist das Rauchen in den Dienstfahrzeugen untersagt. Danke, meine Herren, das war erst einmal alles." Damit klappte sie ihre Mappe zu und sah in die Runde. „Hat noch jemand Fragen?" Die Fahrer waren so konsterniert, dass keiner die Hand hob. „Dann ist ja alles o.k. und Sie können wieder an die Arbeit gehen." Die Kollegen stellten nach und nach ihre Kaffeetassen in die Miniküche und verschwanden. Als Harald gerade den Raum verlassen wollte, rief ihn Frau Retzmann zurück: „Ach, einen Moment noch, Herr Mohr, haben Sie eine Minute für mich?"

Erstaunt drehte er sich um: „Ja, was ist?" „Bitte setzen Sie sich!", fordert ihn Frau Retzmann auf. „Herr Mohr, ich muss Ihnen leider sagen, dass die meisten Beschwerden, die ich entgegennehmen musste, sich auf Sie bezogen." Harald tat überrascht, obwohl er ahnte, woher der Wind wehte. Nach dem Treff mit Susi war er nicht mehr der alte. Meist kam er übermüdet und unausgeschlafen zum Dienst, er rauchte zu viel und trank zu viel. Die Helferinnen in der Praxis, die sonst immer gern ein paar Worte mit ihm gewechselt hatten, zogen sich meist unter irgendeinem Vorwand in die Behandlungsräume zurück. Keine hatte mehr irgendeinen Sonderwunsch und Franka verschwand grundsätzlich schon, wenn sie sein Auto vor der Praxis sah. Bei seinen langen Spaziergängen mit Kira fand er am besten zu sich selbst. Und immer wieder nahm er sich vor, zu seiner alten Form zurückzufinden. Aber er wurde das Bild dieser Frau, wie sie da, die Gliedmaßen verrenkt, im Gebüsch lag und ihn anblickte, nicht los. Am Abend stand dann wieder die Flasche Schnaps auf dem Tisch und der Aschenbecher quoll über. Hätte er Kira nicht, um die er sich kümmern musste, würde er wohl vollends in ein tiefes Loch fallen. All das war sofort wieder in seinem Kopf, als Frau Retzmann ihn ansprach. So werden es ihr die Helferinnen in den Praxen berichtet haben. „Herr Mohr, Sie müssen sich schleunigst ändern", hielt sie ihm in scharfem Ton vor. „Ich kann nicht zulassen, dass meine Fahrer morgens mit einer Nikotin- und Schnapsfahne die Praxen betreten. Abgesehen von Ihrem wenig ansprechenden Äußeren." Fragend sah er sie an: „Wie meinen Sie das denn? Ich hab doch saubere Klamotten an", versuchte er sich zu wehren. „Aber Herr Mohr, schauen Sie doch mal in den Spiegel. Wann haben Sie sich denn zum letzten Mal gründlich rasiert? Ein Friseurbesuch könnte auch nicht schaden." Harald blickte verlegen zu Boden; sie hatte ja recht, aber ihm fehlte einfach der Antrieb. Frau Retzmann nahm das Gespräch wieder auf. „Herr Mohr, ich gehe etwas anders an Dinge heran als mein Vorgänger. Ich betone nochmals, Sie alle sind die Visitenkarte unserer Kunden. Ich gebe Ihnen eine Woche Zeit. Gehen Sie in sich. Wenn sich bis dahin nichts ändert, werden wir uns wohl oder übel trennen müssen." Harald zuckte zusammen: „Soll das heißen, Sie wollen mich feuern?" „Herr Mohr, bei aller Freundschaft, unser Unternehmen kann es sich nicht leisten, Kunden zu verlieren, nur weil einige Mitarbeiter mit ihrem Auftreten dem Ruf des Unternehmens schaden. Also, denken Sie daran, eine Woche." Verstört verließ Harald den Raum und begann seine Spättour. Jetzt war er erst recht wütend, was bildeten sich denn diese arroganten Zicken ein, die denken wohl, nur weil sie einen weißen Kittel anhaben, sind sie etwas Besseres. Mürrisch betrat er die Praxen, knallte die Befundmappen auf den Tresen und griff wortlos nach den Tüten mit den Proben der Nachmittagssprechstunden. Dennoch ging er am Ende der Woche zum Friseur und ließ sich die Haare zu einem Kurzschnitt formen. Er kaufte sich sogar einen Nassrasierer und verpasste sich eine gründliche Rasur. Nun sah er in der neuen Dienstkleidung mit dem Logo des Kurierdienstes wieder richtig gut aus. Die Schwestern waren überrascht und schenkten ihm hin und wieder sogar mal ein Lächeln. Nur sein Wesen konnte er nicht mehr ändern, zu tief steckte das Erlebte in ihm und niemand war da, mit dem er darüber reden könnte. Manchmal ertappte er sich abends vor dem Fernseher dabei, wie er das iPhone in die Hand nahm und Susi zum Spiel auffordern wollte.

Zwei Wochen später rollt er morgens vom Hof des Labors. Am Ende der Stichstraße, die in den Kreisverkehr führt, steht plötzlich ein Polizist mit der roten Kelle vor ihm und winkt ihn an die Seite. Harald fährt der Schreck in die Glieder, das kann doch kein Zufall sein. Nachdem die beiden Beamten seine Papiere kontrolliert haben, nimmt einer etwas aus dem Kofferraum des Streifenwagens, hält ihm ein Gerät hin und fordert ihn auf zu pusten. Spätestens jetzt ist Harald klar, woher der Wind weht. Der Beamte schaut das Röhrchen an: „1,07 Promille, Herr Mohr, wie erklären Sie sich das?" Harald schweigt, was soll er auch sagen, die Flasche, die gestern Abend auf dem Tisch stand, war heute Morgen leer. „Herr Mohr, wir nehmen Sie jetzt mit zur amtlichen Blutprobe", der Beamte fordert ihn auf in den Streifenwagen zu steigen. „Aber meine Tour!", wendet er ein. „Machen Sie sich darüber mal keine Gedanken", der Beamte schiebt ihn sacht in den Wagen. Durch das Rückfenster sieht er Frau Retzmann mit einem jungen Kollegen ankommen, der in sein Fahrzeug steigt. Nach der Blutentnahme im Gesundheitsamt fahren ihn die Polizeibeamten zurück in seine Dienststelle. Frau Retzmann scheint schon auf ihn zu warten. „Herr Mohr, ich sehe, Sie haben mich nicht ernst genommen. Sie haben noch drei Wochen Urlaub, den Sie jetzt antreten können und für den Rest der Zeit stelle ich Sie frei." Sie nimmt ein Blatt Papier vom Schreibtisch: „Hier ist Ihre Kündigung, wir beenden das Arbeitsverhältnis fristgemäß zum 30. August." Sie reicht Harald die Kündigung und setzt sich wieder.

„Gehen Sie sich jetzt umziehen und räumen Sie Ihren Spind aus. Dann geben Sie die Dienstkleidung und Ihre Schlüssel hier bei mir ab." Mit einem „Tut mir leid, Herr Mohr" weist sie ihn aus ihrem Büro.

KAPITEL 24
(AUGUST 2014)

Nachdem die Hitzewellen dieses Sommers im Juli ein wenig abgeebbt waren, bringt seit einigen Tagen der Südwestwind heiße, trockene Saharaluft ins Land. Harald steht mit Kira unten am Fluss an einem Kiosk, beißt in seine Bratwurst, trinkt einen Schluck Bier hinterher und wirft die leere Büchse in den Papierkorb. Das war schon die fünfte heute, denkt er. Ich muss, ich muss endlich aufhören damit, dann lässt er sich eine neue herüberreichen. Hier steht er nun des Öfteren und quatscht mit den Kumpels, denen es ebenso geht, belangloses Zeug. Zwar hatte er sich umgehend im Jobcenter arbeitslos gemeldet, aber seine zuständige Vermittlerin machte ihm unmissverständlich klar, dass er sich eine Weile gedulden müsse, bis er seine Leistungen bekommen würde: „Schließlich sind Sie ja hier nicht der Einzige", erklärte sie ihm, bevor er überhaupt etwas sagen konnte. Dann erklärte sie ihm, wo sich der Raum mit den Computern befindet, an denen er sich schon mal über die Jobangebote informieren könne. Damit war sie fertig mit ihm, drückte auf einen Knopf und schon stand der Nächste in der Tür. Inzwischen hatte er sogar schon wieder sechs Bewerbungen geschrieben und wartete auf die Antworten. So lange würde es wohl bei Bratwurst und Bier bleiben müssen, denn seine Rücklagen schmolzen langsam dahin.

Am späten Abend holt er sein altes Fahrrad aus dem Keller, nimmt Kira an die Leine und fährt etwa eine halbe Stunde bis zum Baggersee am Rand des Nachbardorfes. Früher stand hier eine große Ziegelei, die ihren Ton aus dem Boden holte. Die Ziegelei existiert schon lange nicht mehr und die Natur hat sich der großen, inzwischen eingefallenen Backsteingebäude angenommen. Das Wasser hat die Tongrube geflutet und es entstand ein schöner Badesee mitten im Wald. Früher war hier immer etwas los. Auch Harald war in den ersten Jahren seiner Ehe mit Ruth und den Kindern hier. So schön der See auch war, so gefährlich war er auch. Am Ufer und teilweise noch im Wasser standen die Stubben gefällter Bäume. Das Ufer fiel relativ steil ab und war durch den Ton an den meisten Stellen sehr glitschig. Aber das Wasser hatte durch die mikroskopisch kleinen Tonteilchen eine unbeschreiblich saphirblaue Farbe. Deshalb war das Baden hier auch offiziell verboten. Harald steht am Ufer und ruft die Bilder des letzten gemeinsamen Besuches mit der Familie aus dem Gedächtnis ab. Ruth saß auf einer Decke im Sand, neben ihr im Kinderwagen der erst sechs Monate alte Felix. Die dreijährige Sahra spielte mit Schippe und Förmchen im Sand. Harald war weit hinausgeschwommen und kehrte nun zurück zum Ufer. Als er gerade aus dem Wasser steigen wollte, rannte Sahra quietschend auf ihn zu, rutschte auf dem Lehmfilm aus und fiel kopfüber ins Wasser. Sofort griff Harald nach ihr, aber der Lehm hatte das Wasser eingetrübt und er musste zweimal nachgreifen, ehe er sie an den Beinen packen konnte und sie kopfüber an Land trug. Glücklicherweise hatte sie nur ein wenig Wasser ausgehustet und alles war überstanden. Seitdem aber hatte Ruth darauf bestanden, zum Baden in das Freibad im Kochsagrund oder an den Stausee zu fahren. Scheinbar empfanden auch andere Badegäste so und der See war in den letzten Jahren vereinsamt.

Nun steht Harald allein hier am Ufer, Kira hat er abgelegt und sie scheint sich von der Radtour zu erholen. Auf der gegenüberliegenden Seite sind die hohen Backsteinmauern inzwischen eingefallen und haben große Berge roter Steine hinterlassen, die von jungen grünen Birken in Besitz genommen wurden. Obwohl die Sonne schon die Wipfel der Kiefern erreicht hat, ist es noch immer sehr heiß. Jetzt, da er allein hier ist, zieht sich Harald aus und steigt vorsichtig nackt in das kühle Nass. In kräftigen Zügen schwimmt er hinaus bis zur Mitte des Sees. Hier legt er sich auf den Rücken und macht den „toten Mann". Welch ein wohliges Gefühl, es ist, als ob das Wasser all seine quälenden Gedanken und Sorgen verschluckt hat. Entspannt liegt er da mitten im See. Die Sonne ist hinter den Bäumen verschwunden und ein tiefroter Himmel taucht die Ruinen der alten Ziegelei in ein geheimnisvolles warmes Licht. Etwas Unbestimmtes lässt ihn hochschrecken. Er schaut zum Ufer und sieht Kira aufrecht sitzen, die Ohren hoch aufgerichtet. Kein gutes Zeichen. Noch ehe er reagieren kann, spurtet sie, die Leine hinter sich herziehend, zum Waldrand. Jetzt sieht auch Harald die beiden Rehe, die scheinbar zur Tränke an den See wollten und nun mit hohen Sprüngen im Wald verschwinden. Harald schreit aus vollen Kräften: „Kiiiira!", aber im Kopf des Hundes ist der Schalter bereits umgelegt. Er steht jetzt auf „Jagd" und das Gehör ist abgeschaltet. So schnell er kann, schwimmt er zurück. Am Ufer rutscht er aus, fällt der Länge nach hin, rappelt sich hoch und rennt verzweifelt dem Hund hinterher, der längst im Wald verschwunden ist. Plötzlich bleibt er mit dem großen Zeh an einer Wurzel hängen, fällt nach vorn und schlägt mit dem Kopf auf einen der Baumstubben. Das Letzte, was er spürt, ist ein stechender Schmerz im Zeh, dann fällt eine tiefe Dunkelheit über ihn.

Am Rande des Waldes, nicht weit entfernt von der Ziegelei, steht das zu Beginn des letzten Jahrhunderts gebaute Forsthaus. Ein gemütlich aussehendes Fachwerkhaus mit grünen Fensterläden. Den zwischen das Fachwerk gemauerten Steinen sieht man an, dass sie der ehemaligen Ziegelei entstammen. Revierförster Ottwin Leißner kann nicht schlafen, trotz der weit geöffneten Schlafzimmerfenster steht die Hitze im Raum. Gegen zwei Uhr morgens steht er leise auf und verlässt das Haus. Seine beiden Rauhaarteckel sind etwas verwirrt, als er sie aus dem Zwinger holt. Er schultert seine Jagdwaffe und geht in den Wald in Richtung des Sees. Hier in seinem Wald fühlt er sich wohl. Es ist still, das schwache Mondlicht beleuchtet den Weg, nur das gelegentliche Knacken im Geäst sagt ihm, dass hier Wild unterwegs ist. Auf dem Weg zu seinem Hochstand nimmt er sich vor, heute wenigstens ein Reh zu schießen. Die Population des Rehwildes hat in letzter Zeit überhandgenommen und die Schäden an den frischen Buchen- und Eichensetzlingen gehen ins Geld. Plötzlich bleiben die beiden Teckel stehen und legen sich flach auf den Boden. Jetzt hört auch Ottwin das Geräusch. Ein leises Jaulen klingt aus der Richtung des Sees. Er stutzt, sollten die Wölfe schon bis in sein Revier vorgedrungen sein? Er nimmt die Waffe von der Schulter und schiebt zwei Patronen in den Doppellauf. Noch gesichert, nimmt er sie in die Hand und schleicht vorsichtig durch den schmalen Waldstreifen zum See. Die beiden Teckel folgen ihm sehr zögernd. Da, wieder dieses Heulen. Als Ottwin den Waldrand erreicht, bietet sich ihm ein Bild voller Romantik, das ihn an seinen Lieblingsmaler Casper David Friedrich erinnert. Auf dem stillen, glatten See spiegelt sich der zunehmende Mond. In dessen Licht sieht er an einem Baumstubben ein Tier, den Kopf hoch aufgereckt und wieder dieses Heulen ausstoßend. Nein, das ist kein Wolf, das ist ein Hund, aber wie kommt der hierher? Immer noch die Waffe in der Hand, näher gehend, sieht er etwas lang Hingestrecktes neben dem Hund liegen. Jetzt holt er seine Stablampe aus der Tasche und leuchtet in die Richtung. Ja, da sitzt ein Schäferhund und neben ihm liegt nackt ein Mensch. Inzwischen hat er die Stelle erreicht, der Hund nimmt ihn überhaupt nicht zur Kenntnis und Ottwin schaut in das Gesicht eines Mannes. Der Kopf ist von dem Stubben gerutscht und liegt jetzt verdreht daneben. Am Kopf des Mannes sieht er im Schein der Taschenlampe eine große klaffende Wunde und leere Augen blicken ihn an. Es gibt keinen Zweifel, dieser Mann ist tot. Ottwin bindet seine Teckel an den nächsten Baum, holt sein Handy hervor und wählt die 112.

KAPITEL 25
(AUGUST 2014)

In dem riesigen Gebäudekomplex in der Tranitzer Straße hat sich die Hitze der letzten Tage eingenistet. Das Fenster in Kurt Gaeblers Büro ist weit geöffnet und er sitzt, den heißen Chocolatino vor sich, an seinem Schreibtisch. Es wird höchste Zeit, dass sich die Verwaltung auch mal Gedanken über eine Klimaanlage macht. So kann ja keiner einen klaren Gedanken fassen, denkt er und zieht den Aktenstapel vom Rand des Schreibtisches zu sich heran. Teilnahmslos nimmt er eine nach der anderen zur Hand, blättert ein wenig darin und legt sie wieder ab. Alles unerledigte Fälle, die ihn drücken. Aber heut fehlt ihm der nötige Biss. In Gedanken ist er schon im Urlaub. Nur noch drei Arbeitstage, dann ist erst einmal Schluss. Am Wochenende haben Roswitha und er schon hin und her überlegt, wohin es denn gehen sollte. Der kleine Bungalow am Stausee, der ihnen sonst meist als nahes Urlaubsquartier diente, fällt aus. Seitdem die Spree immer mehr Eisenschlamm einträgt, ist der Stausee unattraktiv geworden. Bliebe die Ostsee, die sie schon immer mochten. Aber jetzt in der Hauptsaison haben beide keine Lust sich unter die Menschenmassen, die neuerdings wieder die Strände bevölkern, zu mischen. Etwas Ruhiges, wo es nicht so warm ist, schwebt ihnen vor. „Die Alpen, das wär's doch mal, da waren wir noch nie", schlug Roswitha vor. Aber Kurt graut es vor der weiten Strecke und den zu erwartenden Staus auf den Autobahnen. Letztlich fällt Kurt ein, dass Sabrina Unruh doch unlängst vom Besuch ihrer Eltern im Harz geschwärmt hatte. Ja, das wär doch eine Möglichkeit, denkt Kurt. Seine Eltern waren früher oft im Harz, als der noch geteilt und der Brocken Sperrgebiet war. Vater hat damals von ihren Reisen geschwärmt. Vorhin in der Mittagspause traf er Sabrina zufällig in der Kantine und bat sie gleich an seinen Tisch. „Entschuldigen Sie, Sabrina, ich mach mir gerade Gedanken über unser Urlaubsziel. Sie haben doch unlängst so vom Harz geschwärmt, haben Sie nicht einen Tipp für mich?" Sabrina lächelte ihn an: „Oh, Sie haben auch mal Urlaub? Wann soll es denn losgehen?" „In der nächsten Woche", antwortete Kurt, „ich hab noch drei Arbeitstage." „Das ist aber sehr kurzfristig, lieber Kommissar, da fällt mir so schnell nichts ein. Seit wann wissen Sie denn, dass Sie Urlaub haben?", fragte Sabrina etwas provokant. Kurt legte das Besteck zur Seite: „Entschuldigen Sie, Sie haben ja recht, aber meine Frau und ich, wir denken schon ziemlich lange darüber nach, haben aber noch nicht das Richtige gefunden und da fiel mir eben der Harz ein." Sabrina lächelte erneut: „Wissen Sie was, Kommissar, ich ruf gleich mal meinen Vater an, der kennt sich bestens aus und findet sicher etwas für Sie. Ich melde mich nachher bei Ihnen." Kurt bedankte sich und ging zu seinem Kaffeeautomaten.

Das Telefon klingelt, erstaunt nimmt Kurt den Hörer ab: „Das ging aber schnell, Sabrina, haben Sie etwa schon was für uns?" Erstaunt meldet sich eine Männerstimme zurück: „Nee, Kommissar, hier ist Gernot Zelter von der Kriminaltechnik." Etwas erschrocken antwortet Kurt: „Entschuldigung, Kollege Zelter, ich erwarte einen Rückruf von der Psychologin, was kann ich denn für Sie tun?" „Nicht Sie für mich, wir für Sie. Es geht um den noch immer offenen Fall Ihrer Spreewaldleiche." Kurt horcht auf: „Nanu, gibt es da noch etwas Neues?" „Ja, wir haben endlich den Provider des Spieles in Kroatien ausfindig machen können und nach einigem Stress mit der kroatischen Justiz haben wir nun endlich die Telefonnummer des MOHAKI genannten Spielers." Im Nu ist Kurt wieder hellwach, sollte er diesen Fall nun doch noch vor seinem Urlaub abschließen können? „Wer ist es denn?", fragt er zurück. Der Kollege Zelter klingt stolz. „Haben Sie etwas zum Schreiben, Herr Kommissar?" „Ja, schießen Sie los." Kurt schreibt Namen und Anschrift auf und bedankt sich: „Danke, Kollege Zelter, da habt ihr aber einen guten Job gemacht, danke nochmals", und legt auf.

Er blickt auf den soeben beschriebenen Block, Harald Mohr, Spremberg, Kraftwerkstraße 31 liest er und zieht die unterste Akte aus dem Stapel heraus. Schnell hat er die Telefonnummer seiner Spremberger Kollegen gefunden. „Polizeiwache Spremberg, HK Feldbusch", meldet sich eine müde Stimme am anderen Ende der Leitung. Der Mann scheint auch hitzegeplagt zu sein, denkt Kurt. „Hier Hauptkommissar Gaebler, Mordkommission Cottbus. Guten Tag, Kollege Feldbusch, ich bräuchte mal dringend Ihre Hilfe." „Was kann ich denn für Sie tun, Kollege Gaebler?" „Wir arbeiten hier immer noch an einem länger zurückliegenden Fall, Sie erinnern sich vielleicht an den Mord im Spreewald." „Ja, ich erinnere mich ganz gut, wir haben ja die Suchmeldungen auch bekommen", unterbricht ihn der Spremberger Kollege. „Ja, und vor wenigen Minuten haben wir endlich einen konkreten Hinweis auf den möglichen Täter erhalten", fährt Kurt fort. „Es handelt sich um einen Harald Mohr, der bei Ihnen in Spremberg gemeldet ist. Ich geb Ihnen mal die Anschrift durch." „Nach kurzer Pause meldet sich der Kollege Feldbusch: „Das stimmt, ich hab eben das Melderegister aufgemacht, er scheint noch an dieser Adresse gemeldet zu sein." „Könnten Sie ihn für mich auftreiben, ich würde ganz gern noch heute für ein erstes Verhör zu Ihnen rüberkommen." Kurt ist jetzt so kurz vor dem Ziel doch aufgeregt, seine Urlaubsgedanken haben sich verflüchtigt. Der Beamte am anderen Ende ist überrascht: „So schnell? Sie haben es aber eilig, Kollege Gaebler." „Ja, tut mir leid, aber der Fall liegt hier schon so lange und ich würde ihn gern noch in dieser Woche schließen." Hauptkommissar Feldbusch scheint kurz zu überlegen: „O.k., ich schick gleich mal eine Streife los. Wenn wir ihn erreichen, melde ich mich bei Ihnen", damit legt er auf. Kurt trinkt den Rest seines inzwischen kalt gewordenen Kaffees und blättert nachdenklich in der Akte „Spreewald". Schon nach wenigen Minuten meldet sich das Telefon: „Hallo, Kollege Gaebler, Feldbusch hier." „Was denn, so schnell schon, haben Sie den Herrn Mohr erreicht?" „Nein, leider, Kollege Gaebler, ich wollte gerade die Streife losschicken, als mir mein Kollege den Bericht der letzten Nacht rübergereicht hat." „Was ist denn passiert?" Kurts Stimme klingt besorgt. „Ein Revierförster hat heute Nacht gegen drei Uhr an einem Badesee hier in der Nähe eine tote männliche Person gefunden. Laut der mitgeführten Papiere handelt es sich dabei um den

Harald Mohr." Kurt zuckt zusammen: „Was denn, noch ein Mord?", fragt er zurück. „Nein, wahrscheinlich ein Unfall. Der Tote liegt inzwischen bei Ihnen in Cottbus in der Pathologie. Die Gerichtsmediziner haben inzwischen Fremdeinwirkung ausschließen können. Der Mann ist vermutlich gestürzt und unglücklich auf einen Baumstubben gefallen." Nach einer kurzen Pause fährt er fort: „Tut mir leid, Kollege, da kommen Sie wohl einen Tag zu spät." Kurt bedankt sich bei seinem Kollegen und bittet ihn noch um einen kurzen schriftlichen Bericht für die Akte, dann legt er auf. Er klappt den Aktendeckel zu und schiebt die Mappe an den Rand des Schreibtisches und legt die anderen unerledigten Fälle obenauf. Jetzt ist er wirklich urlaubsreif.

ENDE